La malédiction du cloporte

Christine Coustau
Olivier Hertel

La malédiction du cloporte

et autres histoires de parasites

PRÉFACE DE CLAUDE COMBES

Tallandier

ISBN 978-2-7578-1352-2
(ISBN 978-2-84734-535-3, 1re publication)

Préface

La biosphère est une étrange cuisine, dans laquelle ce qui paraît simple ne l'est pas.

Les informations culturelles, chacun le sait, circulent constamment entre les hommes grâce à toutes les formes, parlées ou écrites, du langage. Un tourbillon d'interactions. Mais rien de tel, croyons-nous parfois, pour nos informations génétiques, puisque chacun de nous a été pourvu neuf mois avant sa naissance d'un paquet de gènes auquel il ne peut pas toucher, au moins en l'état actuel des connaissances.

Pourtant, dès qu'on change d'échelle, cette constance du génétique n'est qu'illusion. Car les informations génétiques, tout comme les informations culturelles, bougent sans cesse et interagissent. Simplement, cela va moins vite et cela se voit moins.

Chez les « gros » – je veux dire les hommes, les éléphants, mais aussi les souris et les mousses des bois – le brassage n'est possible que dans le cadre de la sexualité. Comme l'a dit François Jacob, il faut se mettre à deux pour en faire un troisième. Et ce troisième n'est aucun de ses deux parents. En fait, il n'est même jamais tout à fait lui-même puisque des mutations peuvent survenir et que l'expression des gènes se modifie au cours de la vie : tantôt des molécules viennent museler les gènes, tantôt les fluctuations de l'environnement sollicitent l'expression de telle ou telle cascade de gènes. Pour autant, chez les « gros », tout n'est pas possible : les chiens n'échangent pas d'informations génétiques avec les chats, pas plus que les éléphants avec les souris, et, pour autant que nous le sachions, nous ne récupérons pas de gènes de la salade ou du poulet que nous mangeons (comment les récupérerions-nous puisque nous digérons l'ADN qu'ils contiennent, car manger c'est mettre fin brutalement à un génome).

Cependant…

Cependant, lorsqu'on met en scène les « petits » et leurs relations entre eux ou avec les « gros », tout change, car les interactions vont beaucoup, beaucoup plus loin. Les « petits », ce sont tout particulièrement les bactéries et les virus, toujours prêts à échanger des morceaux d'ADN pour améliorer, ne fût-ce qu'à court terme, leur valeur à la Bourse du vivant, toujours prêts à aider les gros à goûter aux délices du génétiquement modifié. D'où ces ADN étrangers qui constellent nos génomes, parfois brouillons, plus ou moins effacés et quelquefois esclaves récupérés pour des tâches obscures, parfois parasites et quelquefois partenaires, parfois mortels et quelquefois salvateurs.

Dans le présent ouvrage, Olivier Hertel et Christine Coustau nous offrent le *best-of* de ce que les biologistes ont découvert au cours des dernières années sur la circulation de l'information génétique, lorsque cette dernière saute d'un être vivant à l'autre, ou lorsque le support ADN de cette information lui-même se promène. Les auteurs nous font pénétrer dans le monde fascinant des interactions durables entre génomes, pour tout dire dans la biosociologie de la biodiversité.

Aussitôt que des spéciations se sont produites dans la fine couche de matière vivante qui recouvrit notre planète il y a trois milliards huit cent millions d'années, des espèces sœurs ont cohabité, bientôt rejointes par des espèces cousines germaines et finalement par des espèces cousines de plus en plus éloignées et différentes les unes des autres. Ce qui est le plus étonnant dans cette biodiversité, c'est que tout le monde s'ignore et que tout le monde se connaît. Tout le monde s'ignore parce que, bien que possédant un ancêtre commun, des barrières reproductives isolent les espèces. Tout le monde se connaît parce que rien n'interdit les dialogues moléculaires au hasard des rencontres. On ne fait plus l'amour ensemble mais on peut discuter. Les voies de signalisation n'ont pas été privatisées au cours de l'évolution, de telle sorte que le minuscule toxoplasme peut donner des ordres à l'énorme mammifère, homme compris.

De tels dialogues ne signifient pas qu'il s'agisse là d'altruisme. Bien au contraire, chacun joue pour lui-même :

– je suis un virus et j'ai besoin de toi, cellule ;

– je suis une cellule et tu pourrais m'aider, bactérie ;

– je suis une douve du foie et je ne puis survivre que si je t'asservis, fourmi.

Merveilleuse unité de la vie, qu'avait devinée Geoffroy Saint-Hilaire. Stupéfiante pérennité du code génétique qui fait que la bactérie peut faire d'un cloporte mâle un cloporte femelle, parce que l'information que portent ses gènes peut s'inviter chez le petit crustacé bien que leur ancêtre commun date de plus de deux milliards d'années.

Merveilleuse inventivité de la vie, qui peut répondre à la même pression de l'environnement par des solutions multiples et qui peut même s'octroyer le luxe de construire des « choses » qui ne répondent à rien. Diversité fabuleuse des stratégies d'infestation des pathogènes et des mécanismes de résistance des hôtes, mais qui ne dira jamais pourquoi la toxine du botulisme existe et ne sert – apparemment – à rien.

En lisant les exemples d'interactions que nous présentent Christine Coustau et Olivier Hertel dans de succulentes mises en scène adaptatives, on se prend à rêver que Lamarck et Darwin sont aussi leurs lecteurs.

Premier rêve… Découvrant le comportement de Petit Zizi qui va se loger dans le cerveau des gammares et modifie leur comportement « afin » qu'ils se fassent gober par les mouettes, Lamarck a l'intuition de la variation. Mais oui, se dit-il, si certains parmi ces parasites ne vont pas dans la tête du gammare, ils vont probablement mourir sans descendance, alors que ceux qui s'établissent dans le cerveau ont les plus grandes chances de se retrouver dans le tube digestif de l'oiseau, où ils fabriqueront des descendants à leur image. Lamarck comprend tout à coup que la mouette, en gobant les gammares fous, fait une sélection parmi les individus parasites. Alors, Lamarck se précipite sur sa plume et calligraphie un titre ravageur : « De l'origine des espèces au moyen de la sélection naturelle. »

Second rêve… Découvrant le bacille tuberculeux qui apprend à résister aux plus puissants antibiotiques, ébahi devant l'agent de la malaria qui indique au moustique où se trouve l'enfant porteur du stade infestant, confondu par le prosorhynque qui détourne à son profit les réserves de la moule qu'il a squattée, Darwin a l'intuition que la vie des parasites illustre de manière idéale le mécanisme de la sélection naturelle. Mais oui ! s'exclame-t-il, voilà mille adaptations éclatantes pour chacune desquelles je peux proposer une histoire évolutive, alors que je n'ai accordé jusqu'ici que deux petits paragraphes au parasitisme ! Alors Darwin se précipite sur sa plume, ouvre le manuscrit qu'il a intitulé « De l'origine des espèces au moyen de la sélection naturelle » et le réécrit en consacrant désormais la moitié de son grand livre aux organismes parasites. Rétablissons le réel : le grand livre de Lamarck, publié en 1809, s'intitule *Philosophie zoolo-*

gique. Lamarck y développe le concept du transformisme, selon lequel les espèces se modifient au cours du temps. Le grand livre de Darwin, publié en 1859, s'intitule *De l'origine des espèces au moyen de la sélection naturelle ;* Darwin y propose le mécanisme de la descendance avec modification associé à la sélection naturelle.

Olivier Hertel et Christine Coustau ont saisi tout l'insolite de ce pan entier du « monde vivant qui vit dans le monde vivant » et qui apporte avec lui tantôt le mal, tantôt le bien. Lorsque nous refermons le livre, nous sommes essoufflé et ravi et l'on se dit : « C'était trop court ! »

Pr Claude Combes [1]

1. Claude Combes est membre de l'Académie des sciences, professeur émérite à l'université de Perpignan Via Domitia où il a fondé le laboratoire de biologie animale du CNRS. Il est l'auteur de nombreux ouvrages de parasitologie et de biologie.

À nos parents

« L'homme a payé, au prix de millions et de millions de morts, sa possession héréditaire du globe terrestre : il lui appartient contre tous les intrus, et il serait encore à lui, même si les Martiens étaient dix fois plus puissants. Car l'homme ne vit et ne meurt en vain. »

H. G. Wells,
La Guerre des mondes, 1898.

Introduction

Parasites and Co

Ouvrez les yeux ! Le monde vivant ne se résume pas à ces merveilles : gorilles du Congo, baleines à bosse de l'embouchure du Saint-Laurent, pandas géants de Sichuan, papillons monarques du Mexique, tortues des Galápagos, baobabs du Sénégal, forêts d'Amazonie… Il en existe un autre, celui du tænia de nos intestins, du virus de la grippe aviaire, du bacille de la peste, de la douve du foie, de l'amibe… Bienvenue dans le monde des parasites, des êtres pour la plupart discrets, invisibles, microscopiques, qui vivent dans, ou sur, leurs hôtes, à leur crochet et souvent jusqu'à leur mort.

Entre ces deux mondes, parasite et parasité, se joue une guerre perpétuelle, de tous les instants, sur tous les fronts : dans le cerveau d'un insecte, le sang d'un chien, le foie d'un homme, sur les branchies d'un poisson, dans les antennes d'un escargot, l'estomac d'une puce, les gonades d'un crabe, la tige d'un pied de maïs… Même à la plage, paisiblement allongés sur le sable, convaincus de buller paisiblement au soleil, vous luttez férocement contre une mycose ! Le célèbre biologiste américain Peter W. Price précise : « Le parasitisme concerne tous les êtres vivants, soit en tant qu'hôtes, soit en tant que parasites. » Mieux : aucun être vivant ne semble pouvoir échapper aux parasites !

Ces agents de l'ombre sont innombrables et extrêmement diversifiés. Il y a bien sûr les parasites au sens strict, internes, appelés aussi « endoparasites » et qui passent toute leur existence à l'intérieur d'un ou de plusieurs hôtes. Le ver solitaire, le *Schistosome* – agent de la bilharziose – et le *Plasmodium* – responsable du paludisme – en sont des exemples emblématiques. D'autres sont dits « ectoparasites ». Ils vivent sur leurs hôtes, comme les anilocres qui s'accrochent aux poissons marins et bien sûr les tiques, puces et autres poux. Tout le monde connaît la bactérie *Staphylococcus aureus*, le fameux staphylocoque doré, ou encore le VIH, le virus du sida. Ce sont incontestablement des parasites que l'on a tendance à appeler communément « microbes ». Mais attention, tous les microbes ne sont pas pour autant parasites. Moins connus, les parasitoïdes. Ils mettent à mal les idées que l'on peut se faire du parasitisme car ce sont essentiellement des insectes qui ne passent qu'une partie de leur vie dans un hôte avant de le tuer. Enfin, il reste les inclassables, tels de nombreux champignons, ni plantes, ni animaux, mais devant vivre obligatoirement au détriment d'organismes vivants. Le coucou est aussi un inclassable car c'est un oiseau, bien visible, vivant à l'air libre, mais ne se gênant pas pour confier ses œufs à d'autres espèces d'oiseaux pour qu'ils les élèvent. Les spécialistes parlent alors de parasitisme de ponte. Les *Clostridium*, bactéries responsables du tétanos et du botulisme, sont d'autres exemples de parasites atypiques car ils se développent aussi bien librement dans l'environnement extérieur que sur ou dans un hôte et notamment chez l'homme.

Définir le parasitisme est donc une tâche bien délicate. Aucun critère n'est entièrement satisfaisant, alors même que nous comprenons tous intuitivement de quoi il s'agit. Les parasites vivent souvent – mais pas toujours – dans ou sur leur hôte. Ils exploitent une espèce ou plusieurs successivement. Cette exploitation peut être temporaire ou facultative. Ils ont un effet néfaste sur l'hôte quand, par exemple, ils détournent toute son énergie pour leur propre développement ou leur multiplication. Parfois, cet effet néfaste est « accidentel », ce n'est qu'un effet secondaire, et dans certains cas il est même insignifiant. Dans certaines situations on peut même en arriver à se demander si c'est bien le parasite qui exploite l'hôte ou l'hôte qui exploite le parasite. Les deux ne trouveraient-ils pas un bénéfice dans leur association ? On parle alors de mutualisme quand deux partenaires ont conclu un contrat gagnant/gagnant pour leur existence. Mais entre parasitisme et mutualisme, la frontière est floue car tous les intermédiaires sont possibles. Claude Combes, parasitologiste français, le fait remarquer très justement dans son livre *L'Art d'être parasite*[1] : « Comme on le devine, la fantastique diversité du monde vivant fait que, dès que l'on associe des espèces différentes (et non plus des individus de même espèce), la distinction entre parasitisme et mutualisme peut devenir un casse-tête. »

Mais au-delà des querelles de terminologie, nous avons préféré explorer l'ensemble du monde des parasites au sens large. La question n'est pas tant de savoir qui ils sont et comment ils se définissent ou se classent, mais comment ils parviennent à exploiter durablement d'autres êtres vivants. Quelles sont leurs armes ? Quelles sont leurs stratégies ? Comment parviennent-ils à occuper le territoire ennemi ? Par quels jeux comportementaux arrivent-ils, pour accomplir leur cycle, à provoquer des rencontres improbables comme celles d'un escargot et d'un oiseau, ou d'une fourmi et d'un mouton ? Quelles sont ces toxines ou ces particules virales qu'ils produisent eux-mêmes pour affaiblir ou tuer l'ennemi ? Comment peuvent-ils, selon les « besoins » de leur cycle

1. *L'Art d'être parasite. Les associations du vivant*, Flammarion, coll. « Champs », 2001.

de vie, contaminer soudain des millions de personnes en quelques mois ?

Nous verrons que les parasites sont de véritables stratèges militaires qui n'ont rien à envier au général chinois Sun Tse, l'auteur de *L'Art de la guerre*. Mais attention, le monde des parasités ne se rend pas sans se battre. Un hôte n'est pas un caillou, un simple substrat inerte et passif. Il rend coup pour coup tant qu'il le peut. Il se défend, il résiste. Il a lui-même développé ses propres armes, ses propres stratégies. Et il les améliore sans cesse. La guerre devient alors une véritable course aux armements, car les parasites ne se laisseront pas distancer par leurs hôtes. Eux aussi doivent survivre. Et ils sont prêts à tout, y compris à castrer ou féminiser les populations hôtes quand cela leur convient mieux !

Pourtant on ne parlera pas de guerre sans parler de paix, d'alliances, de coopérations, d'accords complexes : deux organismes peuvent s'associer étroitement pour déclarer la guerre à un troisième jusqu'à ce que d'autres coalitions renversent la situation. À moins que ce ne soit une première espèce qui en utilise une deuxième comme esclave pour lutter contre une troisième… Tout est possible. Telles ces interactions tellement étroites que l'un des associés est totalement et irréversiblement intégré à un autre organisme. Pire, il peut ne plus exister en tant qu'être vivant quand seuls ses gènes se sont intégrés au génome d'un autre. De quoi s'interroger sérieusement sur la notion d'identité.

Ce livre est une suite d'histoires insolites et impressionnantes, piochées dans toute la diversité du vivant. Des luttes à mort aux petites escarmouches, des pactes de non-agression aux cohabitations forcées en passant par des accords de non-prolifération ou par l'esclavagisme, nous livrerons quelques secrets sur ce monde clandestin des parasites, sur leurs armes les plus redoutables ou les plus inattendues.

Nous avons choisi l'image de la guerre car ces affrontements sont bien réels. Mais ce thème est aussi une métaphore confortable pour expliquer simplement ces confrontations, ces ruses, ces tricheries ou ces alliances entre deux mondes forcés de vivre ensemble. Nous avons donc fait quelques concessions sémantiques à la vulgarisation au détriment de la plus grande rigueur scientifique. Concrètement, le journaliste a souvent ferraillé dur avec la chercheuse pour qu'elle accepte les astuces destinées à faciliter le récit. Quand nous disons, par exemple, que la femelle sacculine « pratique une tyrannie sexuelle », nous commettons consciemment un délit d'anthropocentrisme aggravé de finalisme. Les sacculines, petits crustacés marins parasites castrateurs du crabe vert, auraient des intentions ? Bien sûr que non. C'est là un langage de confort dont nous abusons quelquefois pour expliquer simplement les choses. La réalité est tout autre : c'est le résultat d'une longue évolution dans le temps où les processus les plus divers ont parfois été sélectionnés tout simplement parce qu'ils ont facilité la reproduction ou la survie des espèces en question. Au moment où nous l'observons, après des millions d'années d'évolution, le développement de la sacculine femelle ne peut que s'accompagner d'une castration et d'une féminisation de son crabe hôte, puis d'une séquestration de mâles de sa propre espèce. Toutes les bizarreries sont dans le parasitisme !

1

Sous le règne de l'occupant

Le drame se joue au début du mois de juin dans une vaste roselière du paisible marais de Wicken, au nord de Cambridge, en Angleterre. L'ornithologue Nick B. Davies[1] observe attentivement les roseaux qui ondoient dans le vent léger. De longues phrases rauques et des « tchic-tchic-tchic » s'échappent des bruissements de cette végétation touffue : une rousserolle effarvatte, sans le moindre doute ! Cette cousine des fauvettes et autres roitelets, plus petite qu'un moineau, a suspendu son nid sur les tiges des phragmites, à un mètre à peine au-dessus de l'eau. Ce matin encore, au lever du jour, elle pondait son quatrième et dernier œuf, vert pâle et moucheté, comme les trois autres. Elle est maintenant confortablement installée sur sa couvée mais ne perd pas une miette de ce qui se passe autour d'elle. Une mère attentive qui guette le bruit suspect, l'ombre fugace du prédateur qui loucherait sur sa ponte. Sans cesse, elle se redresse et jette un œil à l'intérieur du nid pour s'assurer que tout va bien. De temps en temps, du bec, elle retourne ses précieux œufs, puis reprend sa position.

Au loin, les appels d'un mâle retentissent. L'effet est immédiat. La femelle s'agite, gazouille, tourne la tête à

1. DAVIES, Nick B., *Cuckoos, Cowbirds and Other Cheats*. Princeton University Press, 2000.

droite, à gauche, hésite. Finalement, elle s'envole pour rejoindre le bellâtre. Elle virevolte insouciante… et commet l'impardonnable erreur. Elle oublie quelques instants son devoir de surveillance et devra payer cher ces quelques minutes d'égarement. Car à peine a-t-elle quitté le nid qu'un gros oiseau gris fond droit dessus. Une femelle, mais d'une tout autre espèce, nettement plus robuste. Elle se pose sur le rebord du nid, plonge la tête à l'intérieur et la ressort en tenant dans son bec l'un des quatre œufs. Puis elle se retourne et place son derrière au-dessus de la couvée. Son corps s'anime de pulsations régulières, jusqu'à ce que son propre œuf tombe au beau milieu des autres. Mission accomplie. Elle s'envole aussi vite qu'elle est venue, avec toujours dans son bec, l'œuf chipé à la rousserolle. Quelques dizaines de mètres plus loin, elle se pose sur une branche et gobe d'un trait son larcin. Elle pousse alors une sorte de cri victorieux, un long « glouglou » liquide, auquel répond un mâle de son espèce par un puissant « cou-couuu ».

En tout, la scène n'a pas duré dix secondes. Quand la malheureuse rousserolle est revenue sur son nid et l'a inspecté, tout semblait normal. Quatre œufs, vert pâle et mouchetés, parfaitement identiques. Elle s'est remise à couver, sans savoir que tout cela était bien inutile. Elle venait de laisser entrer le monstre. Le parasite était dans la place. Pour le moment ce n'était qu'un œuf d'apparence inoffensive, mais bientôt il deviendrait poussin, roi nu, petit dictateur impitoyable qui réduirait en esclavage ses parents adoptifs et anéantirait toute la couvée. Sous son règne, s'il ne devait en rester qu'un, ce serait lui. Et il n'en restera qu'un. Lui.

« On choisit pas ses parents, on choisit pas sa famille » dit la chanson de Maxime Le Forestier. Et être né coucou, c'est forcément être le rejeton de parents indignes. La femelle n'est pas du genre mère poule. Tout juste accomplit-elle son devoir de reproduction pour la sacro-sainte « pérennité de l'espèce ». Elle pond. C'est tout. Il ne faut pas lui en demander plus. Construire un nid, éduquer les petits, leur apprendre à chanter, leur apprendre à voler, les nourrir et tout le tralala des parents modèles, ce n'est pas son affaire. Elle a pour habitude d'abandonner sa descendance aux bons soins d'une autre espèce. Chez le coucou gris (*Cuculus canorus*) par exemple, c'est bien souvent la rousserolle effarvatte qui est désignée pour la corvée.

Le coucou est un migrateur. Il gagne l'Europe au printemps pour s'accoupler. Puis il pond ses œufs dans les nids de la rousserolle, qui pond à la même période. Pendant cette saison des pontes, la femelle coucou surveille discrètement le nid de son choix. Elle peut rester des heures à observer sa future victime en attendant la bonne occasion pour larguer son œuf : dès que la rousserolle s'éloigne, elle se précipite pour commettre son forfait. À son retour, la rousserolle reprend sa place sans remarquer l'intrus. Elle l'élèvera jusqu'à ce qu'il devienne autonome. Si dévouée sera-t-elle, la nounou du coucou n'obtiendra rien en récompense de tous ses efforts. Aucun profit. Pis, elle y perdra toute sa ponte. Déjà, le premier œuf enlevé par le coucou se fait gober. Les autres sont brusquement éjectés hors du nid par l'oisillon parasite tout juste né. Et ceux qui auraient le temps d'éclore ne seront en fait qu'en sursis. Ils se feront eux aussi très rapidement jeter par-dessus bord bien avant leur première leçon de vol ! Le coucou est donc un authentique et redoutable parasite. Il a juste la particularité, contrairement à l'idée que l'on se fait habituellement des parasites, d'être bien visible et de ne pas vivre à l'intérieur de son hôte ou accroché à lui. C'est pour les écologues un parasite de ponte (*brood parasite*). Une fois installé dans le nid, il en prend le contrôle total. Il dicte sa loi aussi bien à ses parents adoptifs qu'à leurs rejetons.

À part chez les coucous et quelques autres espèces d'oiseaux, l'adoption entre espèces n'est pas une pratique très répandue dans le monde sauvage. Il y a bien eu ces images particulièrement spectaculaires montrant un lion tenant entre ses pattes, avec une tendresse suspecte, un jeune zèbre bien vivant, mais pétrifié. Le supplice « psychologique » du petit équidé a duré un long moment, sans que le moindre coup de dent ne soit donné. Mais les quelques papouilles affectueuses du félin n'ont pas sauvé le zèbre du banquet, dont il était prévisible qu'il en soit le plat principal. Ce genre de pratiques entre espèces n'est donc généralement pas durable. Dans la nature, la règle en matière d'éducation est simple : on s'occupe de ses petits ou l'on ne s'en occupe pas, mais on ne s'occupe pas des petits des autres. Les coucous, eux, se moquent de cette règle. Ils la contournent. Mieux encore, ils imposent la leur : « Mon œuf tu chériras ! » Et l'œuf du coucou, les hôtes chérissent. Plus que leurs propres œufs d'ailleurs, puisqu'en général dans un nid parasité, aucun jeune de l'hôte ne survit. Les pauvres victimes n'y peuvent rien. Elles se font berner par tous les tours et tricheries – des adaptations ! – que l'évolution a sélectionnés au cours du temps.

Famille d'accueil

Quand, dans les marais de Wicken, la rousserolle revient sur son nid après sa brève escapade, elle a beau vérifier ses œufs, elle ne se rend pas compte que l'un d'entre eux a été remplacé par celui d'une autre espèce. La raison est simple : l'œuf du coucou est une réplique presque parfaite des siens. Même couleur, mêmes taches. Seule la taille change un peu. L'œuf étranger est légèrement plus gros que ceux de la rousserolle. Ce mimétisme est une remarquable adaptation qui permet au coucou de faire accepter son œuf par une autre espèce. Mais le roublard ne s'arrête pas là. C'est un faussaire hors pair. Il ne parasite pas que la rousserolle. Selon les endroits et les habitats rencontrés, il peut aussi parasiter le rouge-gorge, la bergeronnette, le pipit farlouse ou encore l'accenteur mouchet. Au total, cinq espèces qui constituent 90 % des « familles d'accueil » préférées du coucou. Et pour ces cinq espèces différentes, le parasite a cinq types d'œuf qui correspondent exactement aux œufs de chacune. Si bien que, pour une même espèce de coucou, il existe une grande variété d'œufs, strictement calqués sur les œufs des « familles d'accueil ». Mais attention, un même coucou n'adapte pas son œuf en fonction de l'espèce. Les ornithologues pensent plutôt à une spécialisation des femelles pour leurs hôtes. Elles sont organisées en véritables clans ou races. La race qui pond dans les nids de rousserolle fait de faux œufs de rousserolle. Une autre race choisit les nids de pipit et pond donc de faux œufs de pipit… et ainsi de suite.

Pour les ornithologues, il n'est pas simple de comprendre comment cette spécificité se maintient. Les différents hôtes occupent généralement des habitats différents. Il faut donc que le coucou, en fonction de son clan, retrouve le bon endroit et les bons hôtes pour placer ses œufs dans les bons nids. Car s'ils sont trop différents, les œufs seront rejetés par l'hôte. L'hypothèse d'une imprégnation des jeunes coucous par leurs parents adoptifs pourrait expliquer cette spécialisation. Il suffit de se rappeler des expériences de Konrad Lorenz avec ses oies. En naissant, les volatiles considéraient comme leur mère le premier être vivant qu'ils voyaient, en l'occurrence le célèbre éthologue. Pour le coucou ce serait un peu la même chose. Dans ses premiers jours, l'oiseau va s'imprégner de son environnement, de son milieu de vie, de ses parents adoptifs, de leurs comportements, de leurs chants, etc. De plus, au moment de la migration, le jeune coucou a l'habitude de revenir dans la zone où il est né. Les Anglo-Saxons appellent ce comportement le *homing*, un retour à la maison. Puis une fois sur zone, il recherche le type d'habitat, de milieu, de végétation, de ses premiers jours de vie. Les probabilités sont donc fortes pour qu'il tombe bec à bec avec des représentants de l'espèce hôte pour laquelle sa mère biologique s'était spécialisée. Et ce d'autant plus qu'il est particulièrement sensible aux manifestations – chants, types de nid, etc. – de cette espèce dont il est imprégné. Ainsi la spécificité entre les races de coucous et les différentes espèces hôtes a toutes les chances de se transmettre de mère en fille.

Cette organisation en races est terriblement efficace pour des espèces de coucou dites « généralistes », c'est-à-dire qui ne sont pas spécialisées dans une, mais dans plusieurs espèces d'hôtes. Car au sein d'une même espèce de parasite, c'est la race qui se spécialise dans l'espèce parasitée. Et cette race peut donc imiter l'œuf de l'espèce qu'elle parasite. Mais pour d'autres coucous qui ne semblent pas organisés en races, le problème se pose d'adapter un type d'œuf à la diversité des œufs de leurs hôtes possibles. Les observations des ornithologues montrent effectivement que les œufs de ces coucous ne sont pas du tout ressemblants à ceux des nids qu'ils parasitent. Et pourtant, ils ne sont pas non plus systématiquement rejetés comme cela devrait être le cas. Pourquoi des œufs si différents ne sont-ils pas rejetés ? L'explication a été donnée en août 2006 par la biologiste australienne Naomi Langmore et ses collègues dans une étude parue dans les *Proceedings of the Royal Society :* pour les oiseaux hôtes, les œufs de coucou imitent bien les leurs. Même si les ornithologues jurent le contraire ! La réalité n'est pas forcément celle que l'œil humain voit. Naomi Langmore a analysé de façon « objective » la couleur des coquilles du coucou pâle et de ses hôtes, grâce à une technique de spectrophotométrie. À l'œil humain, pas de doute : le coucou pâle est un piètre faussaire. Or, sous l'œil de la machine, la jeune chercheuse australienne a trouvé qu'il existait chez cet animal différents types d'œuf qui correspondaient aux différentes espèces parasitées. Il y a donc aussi des races chez les coucous pâles. Conclusion de l'étude : cette organisation en races avec son mimétisme est probablement plus répandue qu'on ne le pensait jusqu'à présent. Seulement, certaines de ces races sont très discrètes, du moins pour l'œil humain !

L'as de l'épaulé-jeté

Leurrer son hôte avec de vrais faux œufs, c'est déjà bien pour imposer sa progéniture, mais ce n'est que le début d'une prise d'otage sanglante. Une dizaine de jours seulement après la ponte, l'œuf étranger est le premier à se briser. Il en sort un oiselet ridicule et plissé comme une grand-mère. Il est aveugle, sans plumes et aussi costaud qu'une gaufrette. Mais gare aux apparences. Cette demi-portion est la terreur des nids, le sicaire des couvées, un véritable tueur en série. Il n'a encore que quelques heures qu'il commence déjà à s'agiter au milieu des autres œufs. Finalement, il s'approche de l'un d'eux, se contorsionne et, on ne sait comment, parvient à le hisser sur son dos. Il le coince entre ses épaules… et hop ! Il le jette hors du nid. La manœuvre demande deux ou trois minutes, après quoi le tout jeune oisillon s'accorde un peu de repos. Puis il passe au suivant, avec la même tactique. Et un de plus jeté pardessus bord… et ainsi de suite jusqu'au dernier œuf. Si bien qu'au bout de trois ou quatre heures, voire un à trois jours – suivant le nombre et la taille des œufs dont il faut se débarrasser – l'as de l'épaulé-jeté se retrouve seul dans le nid. Il arrive dans certains cas que des petits de l'hôte aient échappé au lancer d'œufs. Ils ont éclos, ont pris quelques goulées d'air frais, mais œuf ou pas œuf, ils connaîtront le même sort funeste que leurs frères et sœurs. Et hop !

L'éjection est une opération remarquablement bien montée. Pour un coucou qui n'a que quelques heures seulement, il sera plus facile de se débarrasser d'œufs immobiles et inoffensifs que d'oisillons remuants et éventuellement prêts à se défendre à coups de bec. L'évolution a donc tout naturellement sélectionné chez le coucou une durée d'incubation plus courte pour une éclosion en avance par rapport à celle des hôtes. Quand il aura brisé sa coquille, il pourra alors faire le ménage dans le nid sans avoir à se battre avec des oisillons récalcitrants qui rechignent à faire le grand saut. Et même si certains œufs venaient à éclore avant que le nid soit complètement vidé, ces jeunes rousserolles seraient confrontées à un oisillon né avant eux et ayant donc une bonne longueur d'avance sur le nourrissage. Il a pris des forces. De plus, il a l'avantage d'un meilleur taux de croissance et a grandi plus vite. À la naissance, les jeunes hôtes ont donc affaire à un colocataire agressif et bien plus fort. Ils n'ont ni les moyens de lui résister ni de rivaliser pour l'accès à la nourriture apportée pourtant par leurs propres parents. La plupart seront expulsés sans ménagement par la fameuse méthode épaulé-jeté, d'autres finiront affamés ou encore écrasés par un monstre qui n'a de cesse de s'emplumer.

Quatre jours après sa naissance, le coucou est devenu le maître du nid. Il est alors temps de passer à l'étape suivante : réduire en esclavage ses parents adoptifs. Il doit les convaincre de fournir plus de nourriture que ce qu'ils auraient dû apporter à leurs chers petits. La taille du jeune coucou est déjà un argument convaincant pour inciter les rousserolles à s'activer pour le nourrissage. Mais ce n'est pas suffisant. Le coucou en exige toujours beaucoup plus… et il en obtiendra beaucoup plus ! Sa technique : crier famine, non pas en poussant l'habituel cri de l'oisillon qui a faim, mais en imitant les appels désespérés de toute une couvée affamée. Et ça marche. Les parents ne peuvent résister à cette détresse dans leur nid. Ils se démènent comme des diables pour apporter toujours plus d'insectes, de vers et autres invertébrés. Ils vont faire tout leur possible pour sauver ce bel égoïste, ce vil manipulateur prêt à jouer sur la corde sensible de ses généreux parents. Sans toutefois les épuiser ! Car un bon parasite est aussi un bon gestionnaire des ressources parasitées. Il doit savoir doser les efforts qu'il exige de ses esclaves pour qu'ils servent le plus longtemps possible. Rebecca Kilner, de l'université de Cambridge, et Nick Davies ont comparé la demande de nourriture d'un coucou seul à celle d'une couvée non parasitée de quatre rousserolles. Leurs observations montrent que le coucou demande à lui tout seul à peu près autant que les quatre rousserolles réunies. Selon les deux chercheurs britanniques, soit le coucou n'a pas les moyens de faire travailler encore plus dur ses parents adoptifs, soit il les ménage. En les faisant travailler trop dur, il prendrait le risque de les tuer à la tâche avant qu'il ait lui-même achevé son développement et gagné son indépendance. Cette gestion de l'effort des parents pour le nourrissage est d'autant plus importante que l'élevage du coucou dure environ dix jours de plus que celui des rousserolles. Il faut donc tenir la distance.

Tous les coucous ne sont pas forcément, comme le coucou gris, des rois de l'omelette. Six espèces, dont le coucou geai, le jacobin, le présageur et le koël ne pratiquent pas le lancer d'œufs. Forcément, un tel altruisme dans un monde de brutes a de quoi intriguer. Si toute la couvée est jetée par-dessus bord avant même les éclosions, le coucou n'aura pas à partager sa nourriture ou à se battre pour y avoir droit. Les ornithologues se sont donc demandé pourquoi ces espèces-là ne se débarrassaient pas tout de suite de la concurrence. Plusieurs hypothèses sont envisagées par Nick Davies. Tout d'abord, l'oiseau hôte peut trouver peu rentable, voire risqué pour la transmission de ses gènes, de n'élever qu'un petit. Si cet oisillon se fait dévorer par un prédateur, il ne restera plus rien des gènes en question. Avec plusieurs petits dans le nid, les parents augmentent les chances de voir leurs gènes leur survivre. Un tel hôte pourrait donc décider d'abandonner un nid qui ne comporte plus qu'un seul œuf pour aller tenter sa chance ailleurs avant la fin de la période de reproduction. Dans ce cas, le jeune coucou n'aurait donc pas intérêt à éjecter les œufs de son hôte sous peine de se faire abandonner une seconde fois. Mais cette hypothèse ne semble pas satisfaisante. Car dans la guerre qu'il livre aux autres oisillons pour la becquée, il vainc sans peine, affamant ses adversaires jusqu'à la mort. Donc, après les éclosions, le coucou se retrouve très rapidement le seul à demander de la nourriture.

Tactique mafieuse

Une autre hypothèse prédit que les coucous n'éjectent pas les œufs car ils sont trop gros. Cette proposition pourrait expliquer le cas des coucous qui parasitent des espèces largement plus grosses. Le koël d'Asie, par exemple, n'éjecte pas les gros œufs du corbeau qu'il parasite, alors que son cousin, le koël australien, qui lui parasite des hôtes de petite taille, a l'habitude de faire place nette dans le nid. Dans la perspective d'une gestion de l'effort, il peut se révéler moins coûteux énergétiquement de concourir contre les autres oisillons pour l'accès à la nourriture que de s'épuiser à jeter des œufs hors du nid sans être sûr d'y arriver.

Enfin, une troisième hypothèse suggère que ces jeunes coucous n'éjectent pas pour éviter la casse dans les rangs mêmes, des coucous. En effet, quand les nids hôtes sont suffisamment grands, il y a de la place pour déposer plus d'un œuf parasite. Souvent d'ailleurs les naturalistes ont observé que les femelles revenaient sur un même nid pour pondre un deuxième œuf. Si le coucou est un « nettoyeur de nid », il risque d'éjecter ses propres frères et sœurs avec lesquels il partage au moins la moitié de ses gènes (quand le père n'est pas le même). La sélection a naturellement favorisé les coucous qui n'éjectent pas les œufs, car ils ont transmis leurs gènes en plus grand nombre.

Dans certains cas, le détournement de nid peut s'avérer être une pratique très dangereuse, surtout quand les hôtes sont bien plus gros et qu'ils savent se défendre. Si la femelle se fait surprendre en train de pondre par les propriétaires du nid, elle risque une sévère correction. Le parasite doit là encore trouver une parade pour atteindre le nid en toute sécurité. Chez le coucou geai qui s'invite chez la pie et la corneille noire, deux oiseaux plutôt bien bâtis, le couple coopère au moment de la ponte. Quand la femelle est sur le point de déposer ses œufs, elle appelle le mâle avec un cri particulier. Les deux « tourtereaux » se rejoignent puis vont s'installer à proximité du nid d'accueil. Le mâle part alors se percher à la cime des arbres alentour et se met à crier pour attirer l'attention de l'hôte. La femelle, elle, se fait très discrète. Elle s'approche petit à petit du nid sans se faire remarquer. À force de provocation, l'hôte tombe dans le panneau et se rue vers le coucou mâle pour le chasser. C'est exactement le moment qu'attend la femelle coucou à l'affût. Elle se jette sur le nid et y largue son œuf en une dizaine de secondes. S'il s'agit d'un nid de corneille, plus risqué qu'un nid de pie, la ponte peut ne durer que trois secondes. Autre fait remarquable chez le coucou geai : la femelle n'enlève pas d'œuf dans le nid de son hôte. Deux explications plausibles : la première tient au problème de temps. Plus vite le coucou décampe du nid, moins il risque de se faire écharper par des hôtes furieux. La seconde explication est liée au fait que cette espèce peut pondre plusieurs œufs dans le même nid. Si elle se mettait à gober les œufs de son hôte, elle prendrait le risque de gober ses propres œufs. En revanche, la femelle ne se gêne pas pour casser les œufs de l'hôte à grands coups de bec, et ce sans endommager ses chers petits qui disposent d'une coquille renforcée ! Les coquilles peuvent aussi se briser quand l'œuf de coucou leur tombe dessus au moment de la ponte. Seuls un ou deux oisillons de pie seront élevés dans un nid parasité contre cinq dans un nid sans coucou. Et en moyenne, dans un nid parasité, seulement 0,6 jeune pie survit alors qu'il en ressort 3,5 dans un nid qui a échappé à l'intrus.

Face à de telles conséquences du parasitisme, il est difficile de comprendre pourquoi les pies et surtout les corneilles, réputées pour leur intelligence et leur capacité à distinguer leurs ennemis, les individus entre eux et différentes sortes de nourriture, ne se débarrassent pas de l'œuf de coucou ou même de l'oisillon très facile à identifier. Le chercheur israélien Amotz Zhavi a proposé une explication originale qu'il a appelée la « tactique mafieuse ». Selon lui, les hôtes ne cherchent pas à éliminer l'intrus car ils craignent les terribles représailles du « gang des coucous » : la destruction pure et simple de toute la couvée. Le chercheur espagnol Manuel Soler et ses collègues ont testé expérimentalement le comportement mafieux des coucous geais parasitant les nids de pie dans la région de Cadix. Les scientifiques ont d'abord remarqué que, dans 10 % des nids parasités, les pies rejetaient les œufs de coucou et que certaines de ces couvées étaient ensuite détruites. Ils ont alors fait le test suivant. Dans des nids parasités, ils enlevaient l'œuf du coucou et dans d'autres ils ne touchaient à rien. Résultats : plus de 50 % des nids dans lesquels l'œuf de coucou a été enlevé ont été attaqués contre seulement 10 % dans les nids parasités laissés en l'état. Ces attaques ne semblaient pas être le seul fait des prédateurs, en particulier des corbeaux qui enlèvent toujours leurs victimes et les mangent. Or, les chercheurs espagnols ont retrouvé des œufs cassés et des oisillons blessés dans les nids attaqués. Ils ont même observé le cas d'une femelle coucou revenue détruire la couvée dans un nid qui avait été débarrassé de son œuf.

L'intérêt de ces expéditions punitives serait double. D'une part, elles obligent l'hôte à refaire une ponte et donc à ouvrir un nouveau nid d'accueil pour que le coucou puisse à nouveau y abandonner un œuf de remplacement. D'autre part, elles seraient un bon moyen d'apprendre à l'hôte à obéir. « Touche pas aux œufs de coucou. » Cet apprentissage a encore été démontré par les chercheurs espagnols. Ils ont placé dans les nids de pie de faux œufs de coucou. Après quelques jours, ils ont constaté qu'à peu près la moitié de ces leurres avait été rejetée. Les chercheurs ont alors eux-mêmes organisé une expédition punitive en allant détruire la couvée des pies récalcitrantes à l'adoption. Les pauvres volatiles ont dû se résoudre à construire un nouveau nid pour accueillir leur ponte de remplacement. Et les chercheurs y ont redéposé leurs faux œufs de coucou. Mais cette fois, la moitié des hôtes qui la première fois avaient rejeté le leurre n'y ont pas touché quand ils l'ont découvert encore dans leur nid. La leçon a été retenue ! Conclusion : il existe bien une peur de la mafia chez les hôtes du coucou geai.

2

Manipuler l'ennemi

Le cycle de vie d'un parasite implique souvent des hôtes très différents, comme par exemple un criquet vivant sur la terre ferme puis un poisson, forcément aquatique. Cela complique sérieusement le passage de l'un à l'autre car ces organismes ne se croisent pas souvent dans leurs milieux respectifs. Le meilleur moyen d'opérer ce transfert est donc de manipuler le comportement de son hôte, soit pour le rapprocher de l'hôte suivant, soit pour l'attirer. Ces parasites spécialistes des manipulations poussent même certains de leurs hôtes jusqu'à la folie, voire jusqu'au suicide.

Moustiques sous influence

Bill Gates a fait un rêve. Il a rêvé qu'un jour « plus aucun être humain n'aurait le paludisme et qu'aucun moustique sur la terre ne porterait son parasite ». Et l'ancien patron de Microsoft se donne les moyens de réaliser ses rêves. Par l'intermédiaire de sa fondation Bill et Melinda Gates, c'est à coup de centaines de millions de dollars qu'il finance les recherches contre la malaria. Pourtant tous ces millions et ceux provenant des divers organismes internationaux ne suffisent pas à écraser le moustique, le fameux anophèle dont les femelles transmettent le parasite appelé *Plasmodium*. Selon l'Organisation mondiale de la santé (OMS), la malaria reste l'une des plus grandes causes de mortalité humaine. Elle tue un enfant toutes les 30 secondes en Afrique et 1 à 3 millions de personnes par an sur la planète, alors que 40 % de la population mondiale est exposée et que 500 millions de personnes seraient déjà malades.

Les causes de ce « succès » épidémiologique sont multiples. L'anophèle est un excellent vecteur. Il pullule, se déplace facilement d'humains en humains et les pique pour se nourrir de leur sang. À cette occasion, il injecte le parasite contenu dans sa salive qu'il dépose sur la peau pour lubrifier le point de piqûre. Ces repas, indispensables et assez fréquents, multiplient les probabilités d'infestation, sans trop de risques. Car le moustique attaque préférentiellement la nuit, pendant le sommeil de ses victimes, ce qui lui évite bien des claques mortelles. Quant au traitement insecticide, notamment à base de DDT (Dichloro-Diphényl-Trichloroéthane), il a fini par perdre de son efficacité. Comme c'est souvent le cas dans les guerres chimiques que les hommes livrent aux ravageurs de cultures et autres vecteurs de maladies, les populations d'anophèles sont devenues de plus en plus résistantes et donc impossibles à éliminer.

Côté *Plasmodium*, la lutte n'est pas des plus simples. Les traitements antipaludéens sont aussi confrontés à la résistance accrue du parasite. Quant au vaccin, sa mise au point se révèle être un véritable casse-tête. En cause, un cycle particulièrement complexe durant lequel le parasite ne cesse de changer de forme. Lors de la piqûre, la femelle du moustique transmet à l'homme le sporozoïte, c'est-à-dire le stade infestant. Ce sporozoïte rejoint le foie *via* la circulation sanguine. Il s'installe dans les cellules hépatiques et très vite commence à se diviser pour former des mérozoïtes. En quelques jours, des dizaines de milliers de mérozoïtes font exploser les cellules qui les hébergent et rejoignent la circulation sanguine. À peine arrivés dans le sang, ils s'incrustent dans les globules rouges et continuent à se multiplier. Les cellules sanguines subissent le même sort que les cellules du foie. Elles explosent et libèrent les mérozoïtes qui retournent aussitôt dans d'autres globules rouges. Et ainsi de suite pour une série d'allées et venues. Finalement, le parasite, logé dans les globules rouges, atteint le stade gamétocyte, c'est-à-dire le stade sexué où mâles et femelles se distinguent. L'étape suivante est due impérativement à l'insecte. Le moustique pique l'homme et pompe son sang. Il aspire ses globules rouges chargés en parasites sexués. Ces gamétocytes ingérés se transforment en gamètes, c'est-à-dire en spermatozoïdes et en ovules. La fécondation s'accomplit et donne naissance à de nouveaux exemplaires du *Plasmodium* qui se différencient dans le tube digestif de l'anophèle pour se transformer en oocystes qui eux-mêmes vont se diviser pour former enfin une multitude de sporozoïtes. Ces derniers vont se loger dans les glandes salivaires de l'animal. Ils seront injectés à l'homme lors de la prochaine piqûre pour un nouveau cycle. Retour à la case départ.

En termes simples, si le paludisme est un tel fléau, c'est en raison d'un vecteur particulièrement efficace, de plus en plus résistant aux insecticides, et d'un parasite dont la versatilité complique le traitement et la mise au point d'un vaccin.

Malheureusement, ce n'est pas tout. Une série d'études menées par l'équipe de Jacob Koella, chercheur à l'Imperial Collège de Londres, montre que le *Plasmodium* est capable de moduler le comportement piqueur du moustique pour favoriser sa survie et sa transmission. Quand, dans son cycle, le parasite atteint le stade infectieux, c'est-à-dire le stade sporozoïte, il augmente le taux de piqûres du moustique pour favoriser sa transmission à l'homme. À l'inverse, quand il est à l'état d'oocyste, c'est-à-dire en cours de développement et non encore infectieux, il tempère le comportement piqueur, acte dangereux – selon les réflexes de l'homme – et sans intérêt à ce moment du cycle puisque le parasite ne peut encore être transmis.

Dans une expérience étonnante, Jacob Koella et ses collègues ont montré une autre manipulation du comportement de l'insecte. Mais cette fois la manipulation se fait à distance. Des moustiques femelles non infectés sont placés dans une petite boîte reliée à trois tentes dans chacune desquelles un enfant vient se reposer tous les soirs. La ventilation est conçue de telle sorte que l'air circule de l'intérieur des tentes vers l'extérieur en passant par la boîte où se trouvent les anophèles. Dans la première, l'enfant n'est pas porteur du *Plasmodium*. Dans la deuxième, l'enfant est porteur du stade gamétocyte, c'est-à-dire le stade sexué du parasite, qui circule dans le sang et qui doit passer dans le moustique pour pouvoir assurer la reproduction. Enfin, dans la troisième tente, l'enfant est porteur d'un stade asexué. Petite précision indispensable, les enfants ne se font pas piquer par les moustiques car l'accès à la tente leur est interdit par un filet. Les observations des chercheurs sont assez spectaculaires. Les anophèles se dirigent préférentiellement vers la tente où se trouve l'enfant porteur des gamétocytes. Conclusion : les gamétocytes se débrouillent pour attirer les insectes, car c'est le seul stade qui permet de faire passer le parasite de l'homme vers le moustique. Pour le moment, il n'est pas possible de savoir comment se fait cette manipulation. Deux hypothèses sont tout de même avancées. Soit le parasite émet lui-même une odeur attractive, soit, ce qui semble plus probable, il manipule l'odeur de son hôte. La chaleur ne semble pas être en cause, car, dans cette expérience, tous les enfants étaient asymptomatiques. Ils n'avaient pas de fièvre. En résumé, le *Plasmodium* peut moduler le comportement piqueur du moustique de façon à optimiser sa transmission à l'homme et manipuler les émissions olfactives de l'homme pour indiquer au moustique qu'il est temps de venir le récupérer !

Sexe, mensonge et gigolo

C'est à un jeu pervers auquel se livre le méloïdé américain (*Melœ franciscanus*), un coléoptère des régions désertiques. Il n'hésite pas à se « prostituer » avec une espèce d'abeille pour s'inviter chez elle et dévorer ses réserves de nourriture. Explications : pour sa croissance le triongulin (nom que l'on donne à la larve du coléoptère) doit se nourrir du pollen et du nectar récoltés et stockés dans leurs nids par les femelles d'une espèce d'abeilles solitaires (*Habropoda pallida*). Problème : les méloïdés ne pondent pas leurs œufs directement dans un nid d'abeilles mais à la base de l'astragale, une plante perdue sur les dunes au milieu d'un océan de sable. Les triongulins doivent donc se débrouiller pour s'y rendre par leurs propres moyens. Pour ce faire, ils ont une technique très efficace, la livraison à domicile. À la naissance, toutes les larves grimpent ensemble et rapidement sur les tiges de l'astragale. Elles se regroupent pour former une masse sombre, arrondie, unie et grouillante de 120 à plus de 2 000 individus qui imite, par sa couleur, sa forme, sa taille et sa position sur la tige, une femelle d'abeille solitaire. Les larves coopèrent pour rester fermement agrégées mais aussi pour se déplacer sur différentes branches de la plante.

En 2007, Leslie Saul-Gershens et Jocelyn Millar, deux spécialistes américaines du coléoptère, ont montré que l'agrégat ne se contentait pas d'imiter l'allure des abeilles femelles. Pour mieux attirer les mâles, toutes les larves se mettent à produire en même temps un composé volatil, copie parfaite de la phéromone sexuelle des abeilles femelles. Évidemment, le mâle qui vole dans les environs ne peut résister à cette aguicheuse plus vraie que nature. Il s'approche et inspecte en vol stationnaire sa future conquête, sans se douter une seconde de la manipulation qu'effectue la troupe de coléoptères immatures. Au contact, quand il tente de s'accoupler, les larves s'accrochent fermement à ses poils. En moins de deux secondes, toute la masse lâche la plante et embarque sur le butineur leurré qui, déçu, repart à la recherche d'une autre conquête, une vraie cette fois. Dès le début de l'accouplement des abeilles, la bande de jeunes coléoptères se jettent sur l'abeille femelle et s'y agrippe de toute ses forces. Et les voilà partis pour la dernière étape du trajet. L'abeille ramène tout ce petit monde dans son nid. Les triongulins peuvent se jeter sans retenue sur les provisions – pollen et nectar – de leur hôte. Puis quand viendra l'heure de la ponte, ils dévoreront les œufs. Quand enfin les coléoptères auront atteint la maturité, ils quitteront le nid pour se reproduire et pondront à leur tour au pied d'un astragale, pour un nouveau cycle.

Le suicide de la fourmi

Quand c'est nécessaire, le parasite n'hésite pas à pousser son hôte au suicide. Mais un suicide savamment orchestré à son profit. À l'œuvre, la célèbre petite douve du foie (*Dicrocoelium dendriticum*). Ce ver trématode est contraint, comme la plupart des trématodes, de suivre un cycle complexe. Il doit passer par un escargot terrestre, une fourmi et un mouton ! Trois animaux qui ne se fréquentent guère et qui pourtant font la chaîne pour se transmettre le parasite. Le premier passage, entre le mollusque et la fourmi, se fait sans trop de difficultés. Notons cependant qu'à cette occasion, dégât collatéral, le mollusque se fait castrer. Le trématode est à ce stade une larve appelée cercaire, capable de nager dans des petites billes de mucus provenant de la cavité pulmonaire du mollusque. Ces billes de mucus sont ensuite mangées par les fourmis qui du coup s'infestent.

C'est une fois dans la fourmi que les choses se compliquent. Les parasites sont maintenant des métacercaires, c'est-à-dire des cercaires enkystées. Elles doivent passer dans le mouton. Seule solution : le plus célèbre des herbivores doit manger la fourmi, ce qui revient à faire manger du cheval à un végétarien. La chose n'étant donc pas commode, les larves de douve vont forcer la fourmi à se jeter dans la gueule du mouton. L'une d'entre elles se dévoue pour rejoindre le cerveau de l'insecte et en prendre le contrôle. La façon dont la douve opère sa manipulation neurophysiologique reste obscure. Mais le résultat est spectaculaire. La fourmi change radicalement son comportement. Elle monte jusqu'au sommet d'un brin d'herbe où elle s'accroche fermement grâce à ses mandibules. Dans une sorte d'état second, elle reste là à ne rien faire durant toutes les heures froides du jour et de la nuit dans l'attente de se faire brouter par inadvertance. Bien sûr, au milieu des milliards de brins d'herbe d'un pré, elle a de fortes chances de ne pas se faire dévorer dès le premier jour. Dans ce cas, dès que les températures du jour redeviennent plus clémentes, elle redescend parmi ses semblables pour reprendre une activité normale et notamment pour se nourrir. Le lendemain matin, elle repart pour son ascension, dans « l'espoir » – suggéré par la douve à son cerveau – de se faire mastiquer dans les règles. Et ainsi de suite, jusqu'à ce qu'elle finisse enfin dans le ventre du mouton. Arrivé à son terminus, le parasite peut alors sortir pour rejoindre le foie et les canaux biliaires. Ses œufs seront ensuite évacués dans les excréments sur lesquels les escargots se contamineront.

Petit zizi, grand manipulateur

À la fin des années 1970, lorsqu'elle commença sa thèse à l'université de Montpellier, Simone Helluy ne pensait pas la consacrer au plus givré des crustacés : le gammare fou ! Ce cousin des crevettes qui vit près de la rive des étangs littoraux du Languedoc-Roussillon adopte souvent un comportement pour le moins singulier. En pleine journée, il est attiré par la lumière et vient près de la surface tournoyer avec la frénésie d'un dément en crise. Simone Helluy avait remarqué ce manège en marchant près du bord. Quelques pas dans l'eau et les gammares s'agitaient comme des diables qui se seraient brûlé la queue. Un comportement aberrant, voire périlleux, car c'est justement sur la rive que barbotent mouettes, goélands et autres aigrettes à la recherche de nourriture, dont toutes sortes de petits crustacés. Or, plus on s'approche des gammares, plus ils s'agitent. Un peu d'anthropomorphisme conduirait à penser qu'ils font tout pour se faire remarquer. C'est d'ailleurs exactement ce qui se passe. Les oiseaux viennent profiter de ces proies trop faciles, qui malgré les coups de bec dans l'eau ne tentent même pas de fuir.

Intriguée par cette danse de Saint-Guy, Simone Helluy avait prélevé quelques-uns de ces gammares fous pour les examiner en laboratoire. Elle avait également rapporté des étangs d'autres gammares, qui eux avaient un comportement tout à fait normal. Ils vivaient près du fond vaseux, un peu à l'écart du bord et de ses menaces. À la moindre alerte, ils se précipitaient dans les touffes d'algues pour se cacher.

Au laboratoire, les gammares fous étaient revenus à la normale. Apaisés, ils baignaient dans un bocal jouxtant celui de leurs congénères sains d'esprit, tandis que la chercheuse se préparait à les disséquer. Elle se souvient encore de se qui se produisit alors : « Nous avons entendu le bang supersonique d'un avion qui venait de passer le mur du son dans le ciel de Montpellier. Les gammares fous se sont de nouveau agités comme ils le faisaient dans l'étang quand on s'approchait d'eux. Pourtant, dans l'autre bocal, les gammares normaux étaient restés imperturbables. » Les gammares fous étaient donc attirés par la lumière et très excités par le bruit et les mouvements qu'ils percevaient dans l'eau. De quoi soupçonner de sérieuses perturbations du système nerveux.

Lors de la dissection du minuscule cerveau des crustacés, Simone Helluy remarqua effectivement la présence d'un ver parasite, un trématode décrit par Rankin en 1940 et baptisé de façon peu glorieuse, *Microphallus papillorobustus*. Littéralement, « petit phallus à papille robuste » ! Si ce trématode est effectivement pourvu d'appendices sexuels des plus modestes, il est, en revanche, doté d'un grand pouvoir, celui de manipuler le comportement de ses hôtes. La différence entre les deux populations de gammares, les fous et les normaux, est bien la présence du *Microphallus* dans le cerveau des premiers. Une fois installé dans le centre névralgique, le parasite s'empare des commandes du crustacé. C'est donc lui le responsable de la folie du gammare, de ce comportement aberrant qui le précipite dans le bec de ses prédateurs. « On ne sait pas exactement comment le parasite agit sur le système nerveux du crustacé. En revanche, on sait quel intérêt il y trouve. Le gammare fou attire l'attention des oiseaux, qui sont les hôtes suivants du *Microphallus* », commente Frédéric Thomas, qui fait ses recherches au CNRS de Montpellier. Le parasite a donc résolu le problème du passage d'un hôte aquatique vers un hôte terrestre en précipitant le premier dans le bec du second.

C'est exactement le chemin inverse que fait parcourir le ver nématomorphe à son hôte, le grillon. Cet autre modèle de manipulation est aussi étudié depuis plusieurs années par l'équipe de Frédéric Thomas. Le parasite pousse l'insecte à sortir des futaies la nuit pour le précipiter dans les rivières où le ver doit effectuer sa reproduction et la suite de son cycle. Le nématomorphe ne prend pas à proprement parler les rênes de sa monture, mais il l'entraîne à se diriger vers les zones les plus claires. « Les grillons parasités sont attirés par la lumière. Ils ont donc tendance à rejoindre les seules trouées lumineuses, qui sont généralement des endroits où il n'y a pas d'arbre parce qu'il y a justement de l'eau », précise Frédéric Thomas. À ce stade, l'insecte a été dévoré de l'intérieur par son parasite. Il ne lui reste que le minimum vital pour qu'il puisse encore se déplacer et se jeter dans l'eau. Une fois cet objectif atteint, le ver, repu et énorme, s'extirpe du grillon en perçant un trou à travers sa cuticule. C'est maintenant un adulte libre dans l'eau qui cesse complètement de s'alimenter pour se consacrer à sa reproduction. Ce jeûne sexuel le transforme en une sorte de gonade nageante et filiforme qui va s'emmêler à plusieurs de ses semblables pour former de véritables nœuds gordiens bien connus des naturalistes qui ont souvent observé cette scène d'orgie aquatique. Chaque femelle va produire des millions d'œufs qui se transformeront en larves infestantes. La suite du cycle est encore un mystère. Ces larves colonisent n'importe quel hôte et s'y enkystent. Elles s'installeraient notamment dans les larves aquatiques d'un insecte, la phrygane, qui à l'état adulte vit hors de l'eau. Le parasite reste, lui, sous la forme de kyste microscopique. À la mort de la phrygane, le grillon le mangerait, ingérant du même coup le nématomorphe qui va alors traverser la paroi du tube digestif pour commencer son développement en se nourrissant des organes internes du nouvel hôte jusqu'à le transformer en « coquille » vide au comportement erratique, prêt à se jeter à l'eau si l'occasion se présente. Mieux : si le grillon est occupé par plusieurs vers et s'il lui reste assez de vie, il fera plusieurs fois la navette entre la terre ferme et l'eau à chaque fois que l'un de ses passagers sera sur le point de sortir. Et au cas où l'insecte se ferait gober par un poisson ou une grenouille, le nématomorphe, après s'être extrait du grillon, s'évadera du prédateur en quelques minutes, soit en empruntant l'ouverture des opercules

– clapets qui recouvrent les branchies des poissons – soit en remontant jusqu'à la bouche de l'amphibien.

Là encore, il reste à comprendre comment le ver manipule l'insecte. L'équipe montpelliéraine penche pour un mimétisme moléculaire. « Nous avons trouvé dans le parasite, des protéines semblables à celles du grillon », résume Frédéric Thomas. Ces protéines, si elles sont vraiment produites par le ver, pourraient avoir une influence sur le comportement de l'hôte. Mais pour le moment, ce n'est qu'une hypothèse. Ces molécules pourraient avoir été absorbées par le ver lorsqu'il se nourrissait dans les entrailles de l'insecte. En revanche, si ces protéines sont vraiment synthétisées par le nématomorphe, cela constituerait un remarquable exemple d'imitation moléculaire. Ou comment un parasite a appris à détourner le système de communication interne de son hôte pour le mener à sa guise !

La danse des tentacules

Si certains parasites manipulent habilement les hôtes dans lesquels ils se trouvent, d'autres savent aussi manipuler, à distance, les hôtes dans lesquels ils doivent se rendre. Le maître incontesté de cette « télémanipulation » est encore un ver trématode, *Leucochloridium paradoxum*. Il partage sa vie entre un escargot et un oiseau. Le problème pour lui consiste donc à passer de l'un à l'autre. Il va faire le nécessaire pour que le volatile vienne picorer le gastéropode. Quand il entre dans l'escargot, le parasite n'est encore qu'une larve appelée miracidium. Cette larve se développe pour former un être étrange, le sporocyste, une sorte de gros sac allongé paré de rayures horizontales plus ou moins colorées. Le sporocyste contient des « balles germinales » à partir desquelles vont se multiplier des dizaines de milliers de cercaires, ultime stade larvaire du parasite. C'est cette armée de clones, destinée à assurer les générations futures du parasite, qui doit passer dans l'oiseau. À cette étape, le sporocyste s'étend dans un tentacule de l'escargot. S'il y a deux sporocystes, les deux tentacules seront occupés. Et la manipulation peut commencer. Le mollusque, qui habituellement préfère les coins ombragés et humides sur les rives des ruisseaux, semble être devenu complètement insensible à la lumière. Avec ses deux gros tentacules parasités, il glisse lentement sur son pied hors de la végétation, vers des endroits découverts, exposés aux regards des oiseaux. Les sporocystes se « réveillent » alors. Ils ondulent leurs corps rayés enfilés dans les tentacules comme un pied dans une chaussette. Le gastéropode ne peut rien faire pour empêcher ces pulsations peu discrètes. Bien malgré lui, il laisse ses antennes se dandiner comme deux énormes vermisseaux, bien gras et appétissants, deux chenilles dodues et colorées qui n'attendent qu'une chose, se faire dévorer par un oiseau. Ce qui bien évidement ne tarde pas. Le prédateur fond sur ces antennes aux allures de vers et les arrache à coups de bec. En fait de vers, ce sont bien les sporocystes bourrés de parasites qu'il avale. Transfert réussi. Le trématode a gagné son hôte définitif. Dans le tube digestif, les larves vont se transformer en adultes sexués qui pourront se reproduire. Les œufs seront évacués par les fientes de l'oiseau, dont vont se nourrir les escargots pour le début d'un nouveau cycle. Ce trématode a donc choisi la stratégie du mimétisme de proie, à savoir prendre la peau de la proie préférée de son hôte final, pour l'attirer et l'envahir.

La pêche à la moule

Cette stratégie est aussi la spécialité des unios, de grosses moules d'eau douce qui vivent enfoncées dans la vase des fleuves, des rivières, des canaux et des étangs.

À l'état adulte, ces mollusques n'ont rien d'un parasite. Ils se nourrissent en filtrant l'eau qu'ils laissent passer entre leurs valves (ou coquilles). Ce sont en fait leurs larves, les glochidies, qui effectuent obligatoirement un stage de parasitisme sur les branchies de poissons. Pour réaliser le transfert, la moule doit d'abord attirer l'hôte à son contact. Elle pratique pour cela la pêche au vif grâce à un leurre de sa fabrication. Sur le bord des coquilles, son manteau (« la peau » qui enveloppe l'ensemble du corps de la moule), très fin, revêt la forme d'un petit poisson. L'imitation est très poussée car, d'un côté, le manteau arbore une petite tache sombre qui représente l'œil du poisson et, de l'autre, il s'élargit pour figurer la queue. Mais au cas où cela ne suffirait pas, le leurre ondule le long de la coquille pour donner l'impression que le poisson est bel et bien vivant puisqu'il est en train de nager. Le résultat est stupéfiant, même pour l'œil humain qui est persuadé de voir un poisson en train de se frotter contre une moule.

Le piège est désormais armé. Préparées pour le départ imminent, les glochidies se sont accumulées par centaines de milliers sur le bord des valves. Lorsqu'un poisson, attiré par le leurre, s'approche suffisamment, la moule expulse brutalement ses milliers de larves dont beaucoup seront entraînées par le courant respiratoire jusqu'à la cavité branchiale du poisson. Une fois dans la place, elles s'accrochent aux branchies et poursuivent leur développement jusqu'au stade adulte libre.

L'esclave de la soie

Plesiometa argyra est une petite araignée réputée pour la beauté des toiles circulaires qu'elle tisse entre les feuillages. De véritables œuvres d'art que l'*Hymenœ pimecis* se plaît à saboter lorsqu'elle se mêle de sa conception. Cette guêpe parasitoïde[1] parvient à obliger l'araignée à lui fabriquer une toile spécifique, aussi moche que rabougrie, mais idéale pour supporter son cocon. La guêpe femelle attaque l'araignée au centre de sa toile et la pique, lui infligeant une paralysie temporaire qui lui permet de déposer tranquillement son œuf. L'araignée reprend ensuite une activité normale sans se soucier du passager clandestin qu'elle porte sur le dos. William G. Eberhard[2], biologiste à l'Institut Smithonian de recherche tropicale (États-Unis) et à l'université du Costa Rica, a montré que durant les deux semaines qui suivent la ponte, l'araignée construit ses toiles tout à fait normalement pour capturer ses proies alors que, dans le même temps, l'œuf de la guêpe a éclos et la larve qui en est sortie a fait un trou dans l'abdomen pour pomper l'hémolymphe – le « sang » – de l'araignée. Arrive la nuit où la larve tue son hôte, mais elle lui fera d'abord construire la fameuse toile dont elle a besoin pour supporter son cocon. Cette toile est très spécifique. L'araignée ne tisse qu'une ébauche d'un des nombreux motifs qu'elle sait pourtant faire en temps normal. La larve de la guêpe l'empêche donc d'exprimer tout son talent pour construire cette toile monotone mais extrêmement solide, particulièrement résistante aux grosses averses. Au cours de cette même nuit, une fois qu'elle a initié la construction de la toile, la larve de la guêpe mue, puis tue l'araignée et la dévore. Elle s'enferme enfin dans son propre cocon – qu'elle fabrique elle-même, cette fois – et s'accroche à la toile d'araignée.

Selon William G. Eberhard, la guêpe manipule l'araignée en lui injectant des substances chimiques qui agissent sur sa technique de tissage. Ce n'est donc pas

1. Voir le chapitre 4.
2. EBERHARD, William G., « *Spider manipulation by a wasp larva. A parasitic wasp forces its host to weave a special web for its own ends* », *Nature* n° 406, pp. 255-256, 2000.

une simple interaction physique qui induit ce changement de comportement. En effet, si on retire le parasitoïde avant le début de la construction de la toile qu'il a commandée, l'araignée commence tout de même à la tisser. Mieux, elle fabriquera ce genre de toile plusieurs nuits durant avant de reprendre un tissage normal. Ce qui suggère que des substances chimiques injectées par la guêpe dans le corps de l'araignée continuent encore de produire leur effet.

3

Les armes chimiques

Des acariens, des bactéries et même des champignons sont passés maîtres dans l'art des poisons et toxines en tout genre. Ces armes chimiques ont, entre autres intérêts, celui de neutraliser les systèmes de défense des hôtes. C'est par exemple le cas de l'anthrax qui désactive les cellules immunitaires. Pour des microbes comme *Clostridum botulinium*, l'agent du botulisme, ces armes chimiques pourraient aussi être de bons moyens de tuer leurs hôtes et de fabriquer ainsi des cadavres nécessaires à leur développement.

Botox party

Ce soir, Jack est prié d'emmener les enfants au bowling. Maggie leur a préparé assez de sandwichs poulet-concombre à la *french sauce* pour qu'ils restent loin de la maison pendant au moins trois bonnes heures. Quant aux cookies tout chauds qu'elle vient de sortir du four, ils ne sont pas pour eux mais pour le Dr Davis, le dermatologue. Il devrait arriver d'une minute à l'autre et ça se voit. Maggie et ses amies roucoulent comme des collégiennes devant un quaterback de l'équipe universitaire de football américain. Jack s'en fiche finalement. Les cookies, surtout chauds, lui donnent des ballonnements. Et rien de pire que les ballonnements quand on joue au bowling. Alors Jack claque la porte, emportant avec lui sa boule de bowling, ses sandwichs froids au concombre et bien sûr les enfants. Que le Dr Davis s'étouffe avec les cookies de sa femme. De toute façon, Jack ne comptait pas rester. Il ne supporte plus ces *Botox parties* que sa femme organise deux à trois fois par an à la maison avec son *Magic Doctor*. Pour rien au monde elles ne rateraient ces cures de jouvence en injections. « Et mes rides du lion, docteur Davis, elles devraient disparaître ? » « Avant mes injections, vous reprendrez bien un de mes cookies, docteur Davis, ou bien une part de cheese-cake. » « Heureusement que l'on vous a, docteur Davis, on ne supporte plus nos pattes-d'oie au coin des yeux. » « On compte sur vous pour notre prochaine *Botox party*, docteur Davis. » Et voilà ! Ce soir, en rentrant, Jack retrouvera sa femme devant le miroir de sa coiffeuse en train de se masser le front tout en louant Davis qui, pour 400 dollars, aura effacé grâce à ses piqûres miraculeuses les insupportables stigmates que le temps creuse sur les visages.

Les *Botox parties* ont bel et bien remplacé les réunions Tupperware dans la vie de nombreuses Américaines. Le principe est simple : un petit groupe de copines invite à la maison un médecin qui leur fait à tour de rôle, et dans une ambiance conviviale, des injections de Botox. Ce produit atténue les rides d'expression, soit les rides du lion, entre les deux yeux, les pattes-d'oie au coin des yeux et les rides du front. Il s'applique par de petites piqûres très localisées qui paralysent les muscles à l'origine de ces plis disgracieux. Résultat, les muscles ne répondent plus à la moindre sollicitation et les rides s'évanouissent sur un visage atone, mais lisse.

Dans l'autre monde, celui des parasites, le Botox, ou acide botulinique, est le poison le plus violent pour l'espèce humaine. Deux kilos suffiraient à faire disparaître le singe nu de la surface de la planète. Cette bombe chimique est synthétisée par la bactérie *Clostridium botulinum*, l'agent responsable du botulisme. Ce microbe a la particularité de vivre indifféremment à l'état libre et à l'état parasitaire. Il peut infecter une blessure et s'y développer ou encore se multiplier dans les intestins à partir de ses spores. À la fin du XVIIIe siècle et au début du XIXe siècle, le botulisme a fait des ravages considérables en Europe. En cause, probablement, la dégradation des conditions de vie et d'hygiène provoquée par les guerres napoléoniennes. Les hommes s'intoxiquaient en consommant des aliments avariés et notamment du boudin « farci » d'acide botulinique. Car ce n'est pas directement la bactérie qui est responsable de cette pathologie, mais le poison qu'elle fabrique et qui se concentre dans les aliments sur lesquels elle prospère. L'homme ingère cette nourriture impropre à la consommation et, seulement 12 à 36 heures plus tard, ressent un relâchement musculaire, premier symptôme caractéristique de l'intoxication. C'est justement cette propriété que le Dr Davis exploite sur les rides de Maggie et de ses copines. Bien sûr, tout est question de dosage. Si le médecin est habile, seuls les muscles impliqués dans la formation des rides seront bloqués. Il arrive tout de même que, dans certains cas, le poison déborde sur les muscles voisins et provoque des effets indésirables et plastiquement fâcheux, comme l'affaissement d'une paupière. Ce symptôme sans conséquence peut durer quelques semaines, le temps que la toxine soit éliminée par l'organisme. En revanche, dans la nature, le poison a des conséquences autrement plus dramatiques que ces petits tracas esthétiques : fatigue, faiblesse, vertiges. Mais aussi bouche sèche, déglutition difficile, problèmes d'élocution, troubles visuels. Petit à petit le haut du corps se paralyse. Les muscles respiratoires sont affectés. La respiration devient de plus en plus difficile, voire impossible. Sans intervention rapide et notamment l'administration de l'antitoxine et une assistance respiratoire, l'individu empoisonné est condamné.

L'acide botulinique est une arme chimique foudroyante, une véritable bombe paralysante qui empêche les muscles de se contracter. Il agit en bloquant la communication entre les muscles et les neurones censés les contrôler. Tout se passe au niveau de la jonction neuromusculaire. Quand tout va bien, les muscles obéissent à des neurones moteurs *via* des molécules messagères, les neurotransmetteurs. Le jeu de ces neurotransmetteurs déclenche la contraction ou le relâchement des fibres musculaires. La toxine va justement empêcher la libération des neurotransmetteurs. Plus facile à dire qu'à faire, car l'opération nécessite que le poison pénètre dans le neurone. Comme toute bonne cellule qui se respecte, une cellule nerveuse est protégée des agressions extérieures par une solide membrane qui ne se laisse pas facilement percer. Cette enveloppe est en plus composée de lipides. Or l'acide botulinique a horreur du gras avec lequel il refuse de se mélanger. Faire entrer cette toxine dans le neurone revient à faire pénétrer une goutte d'eau dans une motte de beurre. Mission impossible ! Pourtant, les adeptes du Botox et les victimes du botulisme sont la preuve que ce passage a bien lieu. En fait, la toxine a une technique. Comme une fusée, elle a trois étages.

La molécule est effectivement constituée de trois parties différentes dont chacune joue un rôle bien précis dans l'effraction. La première s'accroche fermement au neurone. Une fois cet ancrage bien assuré, la deuxième partie pénètre en force à travers la membrane. Elle se retrouve alors coincée comme un spaghetti dans un trou de passoire. Mais elle a entraîné avec elle à l'intérieur du neurone le troisième tronçon de la molécule, qui est en fait la toxine proprement dite. Le poison a forcé la muraille, il est maintenant prêt à agir. Il va empêcher la sortie des neurotransmetteurs que le neurone voudrait bien envoyer au muscle pour le contrôler. Lors de leur fabrication, ces neurotransmetteurs sont « emballés » par lots dans des petites vésicules. En temps normal, la membrane de ces vésicules fusionne avec celle du neurone libérant ainsi les neurotransmetteurs hors de la cellule, afin qu'ils puissent se fixer sur le muscle et déclencher la contraction. En présence de la toxine botulinique, le tronçon actif, positionné désormais dans le neurone, empêche la fusion entre les vésicules bourrées de molécules messagères et la membrane. En conséquence, les neurotransmetteurs restent piégés dans leurs sacs, à l'intérieur du neurone. Le muscle ne reçoit donc plus l'information « contracte-toi » qui devrait lui parvenir des neurones. Bête et discipliné, il ne se contracte plus.

Les guérilleros du tétanos

Clostridium botulinum a pour cousin très proche *Clostridium tetani*, autre grand fabricant d'armes chimiques et dont la puissante toxine est responsable du tétanos. La bactérie, présente un peu partout dans notre environnement (dans le sol, sur les plantes, les objets rouillés, les excréments humains et animaux, les seringues et tout autre matériel médical mal désinfecté, etc.), profite de la moindre plaie ou d'une piqûre pour contaminer ses victimes. Une fois installée, elle se multiplie et produit une grande quantité de toxine. Cinq à dix jours plus tard les symptômes apparaissent : augmentation du tonus musculaire, marche difficile. Les quatre membres ainsi que les muscles du cou et du dos se contractent fortement jusqu'à provoquer chez l'homme cette posture étrange, dite « opisthotonos », dans laquelle le malade allongé ne repose plus que sur la tête et les talons.

Dans le corps, la toxine tétanique se comporte un peu comme la toxine botulinique. Mais au lieu de paralyser les muscles, elle engendre au contraire une contraction excessive. Point de mystère dans cet effet paradoxal. Cet anti-Botox a pour cibles des neurones qui inhibent l'activité musculaire. Si ces neurones ne peuvent plus agir sur les muscles pour leur dire de freiner leurs contractions, ces muscles, toujours aussi bêtes et disciplinés, se contractent avec frénésie jusqu'à la paralysie. Quand les muscles du visage sont touchés, les mâchoires se contractent et se bloquent, le malade affiche alors un rictus inquiétant. Mais le pire survient comme pour la toxine botulinique, quand les muscles respiratoires sont empoisonnés, car ils finiront par se paralyser et donc provoquer la mort.

Dans le détail, le mode d'action de la toxine tétanique est toutefois un peu plus compliqué que celui du Botox. Elle empêche elle aussi la libération par les neurones des neurotransmetteurs chargés de contrôler les muscles. Mais elle emprunte des chemins détournés. Son voyage commence au niveau des terminaisons des neurones moteurs, ceux connectés directement aux muscles et contrôlant les contractions. La molécule qui doit remonter le long de ces neurones pour atteindre sa cible se fait gober et enfermer dans des vésicules. Quand ces « ascenseurs » à toxine arrivent au bon étage, c'est-à-dire au niveau de la connexion entre le neurone moteur et un neurone inhibiteur, ils s'ouvrent pour libérer la toxine hors de la cellule, qui à nouveau se fait « avaler », mais cette fois par le neurone inhibiteur, sa véritable cible. La toxine tétanique va, comme la toxine botulinique, interdire la libération de neurotransmetteurs du neurone inhibiteur. Ces neurotransmetteurs ordonnent normalement aux neurones moteurs de se calmer un peu. De relâcher le muscle, d'arrêter les contractions. Si ces neurotransmetteurs ne passent plus, les muscles risquent la tétanie !

Botulisme et tétanos. Pourquoi tant de haine ? Et ce d'autant plus qu'il est difficile de savoir à qui profite le crime. Les deux bactéries, *Clostridium botulinum* et *Clostridium tetani,* ne sont pas directement responsables de leurs méfaits. Ce sont les poisons qu'elles synthétisent qui détruisent leurs victimes. Et il n'est pas simple de comprendre l'intérêt des deux bactéries dans ces crimes. Les scientifiques ont tout de même deux hypothèses. La première consiste à dire que, finalement, c'est la faute à pas de chance. Ces toxines sont pour les deux microbes des molécules ordinaires qui ont d'autres fonctions que de semer le trouble dans les muscles des hommes. La toxicité serait une sorte de coïncidence malheureuse, un effet secondaire indésirable sans véritable intention de nuire. En d'autres termes, tuer les hôtes ne servirait à rien. Ce ne serait qu'un accident malheureux. Cette hypothèse est soutenue par le fait que certaines souches de ces deux micro-organismes ne fabriquent pas de toxine et ne s'en portent pas plus mal. L'autre hypothèse, au contraire, suggère que ces toxines permettraient aux bactéries de générer des environnements qu'elles affectionnent tout particulièrement : de la matière organique en décomposition. Cette hypothèse repose sur le fait que les deux *Clostridium* ont pour ancêtre commun une bactérie saprophyte, c'est-à-dire se nourrissant de la décomposition des êtres vivants. Les deux microbes auraient hérité de cette virulence qui les rend mortels. En mai 2007, lors de la publication du génome complet de *Clostridium botulinum* dans la revue *Genome Research*, les chercheurs soutenaient cette dernière hypothèse. La bactérie est avant tout un saprophyte qui vit dans le sol ou dans l'eau au dépend de matière organique inerte. Si par hasard il se retrouve sur un être vivant, l'hypervirulence de sa toxine lui sert à tuer rapidement son hôte pour en faire un nouveau substrat favorable à son développement. En d'autres termes, un cadavre !

Anthrax le chimique

Le 2 octobre 2001, Robert Stevens, journaliste au *Sun*, un tabloïde américain, s'est réveillé très tôt avec des nausées et une furieuse envie de vomir. Il était si mal en point qu'il dut être admis dans un centre médical proche de chez lui pour recevoir les premiers soins et effectuer quelques examens. Mais le petit service d'urgence se trouva très vite dépassé par la gravité du cas. Apparemment une méningite. C'est d'ailleurs sous ce diagnostic que le journaliste a été transféré à l'hôpital pour des soins intensifs. Mais au deuxième jour d'hospitalisation, malgré un traitement de cheval, son état ne faisait qu'empirer. Bob, comme tout le monde l'appelait au journal, est mort le 5 octobre, trois jours après sa première consultation.

Ce décès marquera le début d'une grave crise de sécurité intérieure, qui mobilisera entièrement le FBI et plongera toute l'Amérique dans de longues semaines d'angoisse. Car à l'autopsie les légistes découvriront un peu partout dans les organes du cadavre la présence de *Bacillus anthracis*, le fameux bacille du charbon, l'une des armes biologiques figurant en bonne place au catalogue du terrorisme international. L'enquête du FBI lèvera toute hypothèse d'une contamination accidentelle. Bob Stevens est décédé d'un anthrax respiratoire. Il a été contaminé sans s'en rendre compte, en inhalant des spores de la bactérie. Entre le 4 octobre et le 2 novembre, neuf autres cas d'anthrax respiratoire seront recensés dans le pays, affectant pour l'essentiel des personnes chargées du tri du courrier. Par ailleurs, douze cas d'anthrax cutanés seront suspectés ou confirmés durant cette même période.

L'acte terroriste ne fait donc pas le moindre doute. Les « fédéraux » américains ont finalement remonté la piste de sept courriers bourrés de spores d'anthrax. Ces lettres ont été envoyées à deux sénateurs démocrates et cinq journalistes à partir du 18 septembre, soit tout juste une semaine après les attentats du 11 septembre. Durant leur périple, ces missives assassines ont contaminé vingt-deux personnes ayant été de façon plus ou moins étroite à leur contact. Cinq de ces personnes sont mortes de l'anthrax. L'identité du ou des terroristes et l'origine des bacilles ne sont toujours pas connues, ou du moins révélées.

Si pour l'homme l'anthrax est un péril biologique, dans le monde de la bactérie ce serait plutôt une arme chimique. Le bacille du charbon est en effet maître ès poisons. Il fabrique deux produits mortels de très belle facture et hautement sophistiqués : la toxine œdématogène et la toxine létale. Chacune est constituée d'un assemblage de deux protéines, dont la protéine dite « PA » – antigène protecteur –, commune aux deux toxines. La deuxième protéine est une enzyme, nommée EF ou facteur œdématogène pour la toxine œdématogène, et LF ou facteur létal pour la toxine létale. Ce sont ces deux enzymes qui sont à proprement parler toxiques. Du moins à partir du moment où elles se trouvent à l'intérieur des cellules de l'hôte. Se pose alors le même problème que pour le Botox : comment traverser la membrane ? Si le Botox a choisi d'entrer en force, l'une et l'autre des deux enzymes toxiques de l'anthrax vont être transférées en douceur, voire « intelligemment ». En effet, les parties communes du PA des deux toxines commencent par s'ancrer dans la membrane de la cellule. Puis par un véritable travail d'ingénieur chimiste, ces protéines s'associent en cercle par lot de sept pour former un cylindre creux traversant la membrane de part en part. Cette construction moléculaire remarquable n'est autre qu'un « nanotunnel » qui va permettre le passage des portions véritablement toxiques des deux toxines, c'est-à-dire le facteur œdématogène et le facteur létal. Une fois dans la place, le massacre peut commencer. Le facteur œdématogène sème le chaos. Il provoque l'accumulation d'une molécule essentielle, l'AMPc, sorte de sentinelle chargée de veiller à la régulation de la machinerie et notamment à la synthèse de différentes protéines indispensables au bon fonctionnement de la cellule et de l'organisme. L'accumulation anormale de l'AMPc détraque la mécanique cellulaire de l'hôte. Plus rien ne va, plus rien ne fonctionne normalement. C'est l'anarchie.

Et ce n'est pas l'autre enzyme toxique, le fameux facteur létal (LF), qui va arranger les choses. Bien au contraire. Lui aussi y va de son trouble à l'ordre vital. Mieux, il intercepte et détruit les messages. Il coupe, dégrade et donc neutralise des protéines qui informent en permanence la cellule de ce qui se passe en son sein et dans son environnement. Or, le facteur létal choisit bien ses victimes, en l'occurrence les cellules de l'immunité. Conséquence : quand ces cellules reçoivent des signaux indiquant qu'une infection est en train de se développer dans l'organisme, cette information ne parvient jamais jusqu'au centre de décision, le noyau, siège de l'ADN et donc des gènes. Aucune mesure, comme l'activation de la réponse inflammatoire, n'est prise contre l'infection. Les cellules immunitaires ne jouent plus leur rôle de défense de l'hôte. Alors, entre la « désorganisation » due au facteur œdématogène et le sabotage des communications orchestré par le facteur létal, les cellules tombent de Charybde en Scylla et avec elles tout l'organisme. Jusqu'à ce que le facteur létal porte le coup de grâce en déclenchant de manière anticipée l'apoptose, rien de moins que le programme de mort que chaque cellule garde en mémoire dans ses gènes.

La piqûre des salmonelles

Les nanotunnels de l'anthrax sont déjà de belles constructions biologiques permettant de faire passer les toxines à l'intérieur des cellules hôtes. Mais comparés à ce que sont capables de faire d'autres bactéries, ces nanotunnels passent pour des réalisations au mieux inachevées, au pire primitives. Avec *Salmonella enterica*, la bactérie responsable des salmonelloses, s'ouvre le domaine de la très haute technologie, le raffinement ultime de l'arme chimique. Ce microbe produit en effet des toxines dont les cibles se trouvent à l'intérieur des cellules de ses hôtes. Il est donc tout naturellement confronté au très classique problème de la traversée de la membrane. Sa solution : la seringue ! Telles des infirmières maniaques et compulsives, les salmonelles piquent et repiquent les cellules de leurs victimes pour y injecter leur poison.

Les plans de construction de ces seringues sont bien sûr mémorisés dans les gènes du pathogène. Seulement une vingtaine de gènes est nécessaire pour produire et assembler une seringue « standard », composée entre autres d'une longue, fine et très rigide aiguille. L'assemblage se fait d'ailleurs selon des règles bien précises. Tout d'abord, la construction d'un cylindre creux ouvert sur l'intérieur de la salmonelle et ancré dans sa membrane. Il correspond au réservoir de la seringue et sert de support à l'aiguille. L'aiguille fait saillie sur l'extérieur. Elle est creuse mais surtout très fine, de façon à pouvoir pénétrer facilement la membrane des cellules à empoisonner. La taille de cette aiguille varie selon l'espèce de salmonelle. Si l'on examine le détail de sa structure à l'échelle moléculaire, elle se présente sous la forme d'un ressort creux, étroit et très rigide, constitué d'une association de nombreuses protéines strictement identiques. Une seule salmonelle peut comporter de nombreuses seringues à sa surface.

Quand le matériel d'injection est prêt à l'emploi, il faut encore le remplir des fameuses toxines à injecter. Un problème se pose néanmoins : ces toxines sont aussi des protéines qui dans leur état stable sont généralement complexes, de forme globulaire, repliées sur elles-mêmes. En l'état, elles sont trop grosses pour passer dans l'aiguille. C'est là qu'interviennent d'autres protéines, dites « chaperonnes ». Elles se collent sur les toxines sécrétées pour les empêcher de se replier et donc les maintenir dans une forme allongée compatible avec le passage dans l'aiguille.

Tout est alors rassemblé pour que la bactérie puisse accomplir son crime. Chez l'homme, après une courte période d'incubation (12 à 36 heures), l'infection se traduit par de la fièvre, des diarrhées, des maux de tête, des maux de ventre, une gastro-entérite, des nausées, des vomissements… Les salmonelles contaminent leurs hôtes par ingestion d'aliments crus ou mal cuits tels que des fromages au lait cru, de la viande ou encore des œufs utilisés dans une mayonnaise. Arrivées dans le tube digestif, elles arborent à leur surface un premier type de seringues appelées TTSS-1[1] chargées d'un cocktail d'environ cinq toxines. Dès qu'elles entrent en contact avec le tube digestif, elles piquent et injectent en quelques secondes leurs poisons dans les cellules de l'épithélium intestinal, les cellules qui tapissent les parois de l'intestin. Les différentes toxines de la mixture injectée agissent sur des protéines qui, comme un squelette, maintiennent la forme de la cellule. L'effet du poison est spectaculaire. La cellule contaminée commence par se déformer, puis elle émet des sortes de

1. TTSS pour « système de sécrétion de type trois ».

bras autour de la bactérie qui tendent à la recouvrir. Peu à peu, l'étreinte se fait plus forte. La couverture s'étend autour du pathogène dont la surface est un peu à l'image d'un oursin, hérissé de nombreuses autres seringues, toutes bourrées de poisons. La cellule continue donc de recevoir des salves empoisonnées, ce qui a pour effet d'entretenir et même d'accélérer le processus de recouvrement. Finalement, la salmonelle se fait intégralement avaler. Elle se retrouve à l'intérieur même de la cellule intestinale, protégée par une sorte de capsule constituée par de la membrane cellulaire. Les seringues TTSS-1 devenues inutiles disparaissent. Elles laissent la place à un deuxième jeu de piqûres, les TTSS-2, qui au lieu de se répartir sur toute la surface de la bactérie se concentrent au niveau de l'un des deux pôles. Ces nouvelles seringues ont elles aussi leur propre cocktail venimeux composé d'au moins une dizaine de protéines toxiques.

Ce nouveau dispositif est tout simplement « génial » : le pathogène est dans une vacuole à l'intérieur de laquelle il va pouvoir se multiplier tranquillement. Toutefois, dans une cellule, rien n'est figé. Ses éléments sont sans cesse en mouvement, remaniés, détruits, recyclés, reconstitués. Les vacuoles sont donc elles aussi menacées de destruction et la salmonelle doit se débrouiller pour les protéger. C'est ce que font certaines protéines de son cocktail toxique. Les fonctions exactes ne sont pas encore complètement élucidées, mais les scientifiques ont montré que ces molécules prenaient en partie le contrôle de la machinerie cellulaire de façon à contrer la destruction de la précieuse vacuole. Reste à trouver le moyen d'épandre ces substances actives hors de la vacuole, dans la cellule. C'est là qu'intervient le deuxième jeu de seringues TTSS-2 qui sert non pas à injecter les toxines mais à les éjecter hors de la vacuole.

L'origine de ces seringues est assez mystérieuse. Avec une petite touche de finalisme à la Pangloss, professeur de métaphysico-théologo-cosmolonigologie et précepteur du Candide de Voltaire, nous serions tentés de dire qu' « elles ont été inventées par la Nature ou par toutes autres forces supérieures voire mystiques, pour répondre à la nécessité d'injecter une substance ». Mais les scientifiques, heureusement non panglossiens, penchent plutôt pour un produit du hasard des mutations et de la sélection. Ces systèmes d'injection existent chez de nombreuses espèces de bactéries, notamment chez *Yersinia pestis*, le bacille de la peste, et même chez des plantes. Si les produits injectés sont toujours très différents, les seringues sont semblables d'une espèce à l'autre. D'où l'idée que cette structure remarquable aurait une origine commune très ancienne qui, au cours de l'évolution, aurait été conservée dans les différentes ramifications du vivant. L'hypothèse est d'autant plus crédible que ces seringues, par leur constitution, rappellent fortement les flagelles, autre appendice très largement répandu chez les bactéries et particulièrement utile pour leur mobilité. Seule différence : le flagelle est beaucoup plus long et souple, ce qui lui permet de vibrer, alors que l'aiguille des seringues est surtout très rigide. Les flagelles étant présents chez des bactéries très anciennes, ils ont eu le temps de se modifier. Certains, anormaux, mal formés, rigides, auraient permis d'acquérir la forme et la fonction de ces fameuses seringues biologiques !

La tactique à tique !

Si la bave de la tique n'atteint pas la blanche colombe, c'est tant mieux pour la blanche colombe. Car sur environ huit cents espèces de tiques, parasites hématophages – littéralement qui se nourrissent de sang –

plus de quarante sont pourvues d'une salive paralysante qui dans certains cas peut même être mortelle. Petite précision : comme chez les moustiques ce sont les femelles qui piquent. Quand ces suceuses avides de sang s'accrochent à la peau de leurs hôtes pour se nourrir elles sécrètent une neurotoxine qu'elles injectent dans le flot sanguin. Chez l'homme, ce sont surtout les enfants de moins de 10 ans, les filles plus que les garçons, qui sont les premiers affectés. La neurotoxine agit en seulement quelques jours. Elle produit une paralysie ascendante qui débute par une ataxie, c'est-à-dire une perte de la coordination des mouvements. Puis les membres inférieurs deviennent de plus en plus faibles. Cette faiblesse gagne alors les membres supérieurs et enfin les muscles respiratoires. Très vite, l'enfant risque de ne plus pouvoir respirer sans assistance. Pourtant, il suffit d'enlever la tique pour que ces symptômes disparaissent presque aussitôt. Mais le problème de cette pathologie, c'est qu'elle peut être confondue avec le botulisme et donc conduire à un traitement inadapté. Le critère essentiel qui doit mener le médecin à faire le bon diagnostic est que la tique est responsable d'une paralysie ascendante – les membres inférieurs sont d'abord touchés, puis les membres supérieurs, puis le système respiratoire – alors qu'avec la toxine botulique, les effets sont descendants : troubles visuels, bouche sèche, déglutition difficile, problèmes d'élocution, paralysie progressive des muscles du haut du corps puis des muscles respiratoires. Si le médecin passe à côté du bon diagnostic, l'insuffisance respiratoire entraîne la mort du jeune malade dans 10 % des cas. Chez les très jeunes enfants, l'erreur de diagnostic laisse peu de temps pour réagir car le décès peut survenir au bout de deux jours seulement.

Cette pathologie a été signalée sur le continent américain mais aussi en Australie où elle est la plus fréquente. Elle reste avant tout un problème vétérinaire, les tiques étant plus fréquemment au contact des animaux que des hommes. Ce qui explique que les modes d'actions des toxines produites par les différentes espèces de tiques ne soient pas très bien connus. Seuls trois de ces poisons ont été véritablement isolés et ils se révèlent très proches chimiquement des poisons sécrétés par les arachnides, araignées et scorpions. Les tiques étant eux aussi des arachnides, il est très probable que toutes ces toxines aient une origine ancienne et commune. Les ancêtres des tiques devaient certainement être des prédateurs utilisant ces produits paralysants pour immobiliser leurs proies. Les tiques actuelles, devenues des parasites hémato-phages, n'auraient *a priori* plus grand intérêt dans l'usage de ces toxines. À moins qu'en paralysant les membres de leurs hôtes, elles les empêchent de se gratter et donc de les éliminer de la surface de leur corps.

La guerre biochimique contre les insectes

Les partisans des OGM et les écologistes sont au moins d'accord sur un point : la bactérie *Bacillus thuringiensis*, parasite assassin des vers à soie, est une arme remarquable contre les insectes. Ce bacille largement répandu dans la nature est en effet apprécié des deux camps pour ses toxines insecticides. Les pro-OGM ont transféré dans des plantes cultivées des gènes bactériens qui codent pour des toxines efficaces contre les ravageurs. C'est-à-dire qu'ils ont isolé dans cette bactérie des gènes responsables de la fabrication d'une protéine insecticide, pour ensuite les implanter dans le végétal de façon qu'il puisse lui-même produire l'insecticide dont il a besoin contre ses ravageurs. Le plus célèbre de ces OGM est le fameux maïs Bt – Bt pour *Bacillus thuringiensis.* Commercialisé par la firme américaine Monsanto sous le nom de code MON810, ce maïs génétiquement modifié fait régulièrement une apparition dans les journaux à chaque fois qu'il est question d'autoriser ou non sa culture.

Les écologistes, eux, farouchement opposés aux modifications génétiques, voient plutôt dans la bactérie le moyen de produire un insecticide « biologique », au sens où il est produit par un organisme vivant et biodégradable, susceptible de remplacer les insecticides de synthèse. Mais que ce soit dans les OGM ou dans les sacs d'insecticides biologiques, l'arme utilisée pour lutter contre les insectes est incontestablement chimique. Les nombreuses souches de *Bacillus thuringiensis* – il en existe des centaines – produisent toutes une à cinq protéines toxiques enfermées dans un cristal. Cela leur permet de toucher un panel plus ou moins large d'insectes. Par exemple, telle souche sera mortelle pour les moustiques de Camargue et telle autre trucidera les mouches à vinaigre des îles Hawaï. Mais cette spécificité est à géométrie variable, car *Bacillus thuringiensis* est réputé pour ses mœurs échangistes. À l'occasion de contacts très rapprochés ces bactéries peuvent se transférer des unes aux autres quelques-uns de leurs gènes qui codent pour ces toxines.

Ces protéines sont inertes tant qu'elles sont à l'état de cristal. Elles doivent être activées dans le « ventre » des insectes. Quand le cristal est ingéré, il est dégradé par des enzymes digestives. Une digestion mortelle. Les toxines libérées de leur piège de cristal, désormais prêtes à agir, vont perforer le tube digestif de l'insecte dont « l'étanchéité » n'est plus assurée. Des échanges anarchiques d'eau, de sels minéraux et d'autres produits divers et variés s'effectuent entre l'environnement et le milieu intérieur de l'insecte. Ces portes ouvertes sur les entrailles de l'animal facilitent l'installation de nouveaux *Bacillus thuringiensis* ainsi que d'autres bactéries, virus et pathogènes en tout genre. Progressivement l'animal cesse de s'alimenter, s'affaiblit et meurt. Bien sûr, tant qu'il est question de lutter contre des insectes nuisibles, le Bt, qu'il se présente sous forme d'OGM ou de bio-insecticide, a toutes les vertus. Malheureusement, comme c'est souvent le cas dans la nature, les armes et en particulier les armes chimiques n'ont qu'une durée de vie limitée. Leur emploi massif contribue à sélectionner des individus qui savent y résister. Comme cela a toujours été le cas avec les insecticides de synthèse, le Bt, bio ou OGM selon l'usage qui en est fait, conduira sans doute à l'émergence d'insectes résistants dont il sera de plus en plus difficile de se débarrasser.

Champignons hallucinants

En matière d'insecticide biologique, les champignons parasites ont eux aussi quelques talents. Les scientifiques ont découvert deux espèces, *Beauveria bassiana* et *Metarizium anisopliæ*, redoutables pour les insectes. Ils infectent naturellement leurs victimes, les tuent grâce à de puissants poisons, puis prolifèrent sur leurs cadavres. *Beauveria bassiana*, par exemple, est responsable de la muscardine blanche, une maladie longtemps redoutée dans les élevages de vers à soie. Lorsque les spores, libres dans l'air, rencontrent leurs hôtes, elles germent sur leur corps et produisent des sortes de filaments qui s'immiscent dans l'insecte et le tuent.

Ces champignons sont déjà utilisés comme insecticide sous forme de spores pulvérisées. Il est même envisagé de s'en servir pour enduire les moustiquaires dans les pays touchés par le paludisme. Ils produisent de nombreuses toxines, appelées mycotoxines, dont le mode d'action est encore assez mal connu. Les destruxines, dont le nom lève toute ambiguïté sur leurs effets, sont synthétisées par *Metarizium anisopliæ* – anciennement nommé *Oospora destructor !* Injectées à un insecte, elles le paralysent totalement et le tuent en

Les jardiniers ont compris depuis longtemps comment tirer parti des guerres auxquelles se livrent certaines espèces entre elles pour protéger leurs précieux potagers. Les stratégies les plus simples consistent à trouver le bon prédateur du ravageur. C'est le cas des coccinelles qui se gavent de pucerons. Mais les mixtures déshydratées vendues dans les magasins biologiques sont des armes nettement plus élaborées. Contre les mouches des terreaux, les tipules, les vers gris ou encore les courtilières, les jardiniers bio utilisent des nématodes parasites d'insectes. Ces vers ronds, cousins des ascaris (dont les plus longs peuvent atteindre 35 cm chez l'homme) ont la particularité d'élever dans leur propre tube digestif des bactéries tueuses d'insectes, de véritables armes biologiques. Pour le ver, ce sont des mutualistes, c'est-à-dire qu'elles n'ont aucun effet néfaste sur lui. Bien au contraire, elles lui facilitent grandement la vie. Leurs liens sont si étroits que chaque espèce de nématode cultive son espèce de bactérie. À deux, ils forment un tandem redoutable, hautement pathogène pour les insectes qu'ils attaquent. Les biologistes appellent complexes nématobactériens ces couples inséparables.

Deux de ces complexes, *Steinernema* (ver)/*Xenorhabdus* (bactérie) et *Heterorhabditis* (ver)/*Photorhabdus* (bactérie) sont très étudiés par les agronomes. Ces systèmes ont un cycle à peu près identique. À l'état libre, la larve de nématode transporte ses bactéries dans son tractus digestif. Lorsqu'elle est infectante, elle pénètre dans un insecte par les orifices naturels ou en perforant sa cuticule. Elle s'installe dans sa cavité interne et régurgite les bactéries dans son hémolymphe – l'équivalent du sang pour les insectes qui, au lieu d'être canalisé dans des vaisseaux, circule librement dans tout le corps. Les bactéries commencent leur œuvre destructrice. Elles se répandent dans le corps, se multiplient très rapidement et produisent des toxines en quantité. En seulement deux à quatre jours, l'insecte meurt d'une septicémie. Les bactéries du ver *Steinernema* ne se contentent pas de produire des toxines. Elles relâchent aussi des antibiotiques qui empêchent d'autres bactéries de se développer et donc limitent la putréfaction des tissus. Autre intérêt : ces antibiotiques jouent un rôle important dans la compétition que peuvent se livrer les deux différents complexes nématobactériens dans un même hôte. En effet, si un insecte se fait parasiter par les deux genres de vers, *Steinernema* et *Heterorhabditis*, avec leurs antibiotiques, les bactéries de *Steinernema* vont liquider celles de *Heterorhabditis*. Donc, seul *Steinernema* poursuivra son développement.

Les nématodes vont ensuite se nourrir des tissus de l'insecte décomposés par les bactéries, mais aussi des bactéries elles-mêmes. Une véritable communauté de vers prospère dans l'hôte. Les larves se développent, elles deviennent des adultes qui se reproduisent entre eux. Leurs œufs donnent de nouvelles larves qui formeront de nouveaux adultes et ainsi de suite. Jusqu'à trois générations de nématodes peuvent être produites dans le même hôte mort et ce jusqu'à épuisement des ressources, jusqu'à ce qu'il n'y ait plus rien de bon à manger dans l'insecte. Il est alors temps de trouver une nouvelle victime, un nouvel insecte bien frais et bien vivant. Et les candidats au départ sont nombreux. Deux à trois semaines après la mort de l'insecte parasité, 500 000 larves infectantes par gramme d'insecte ont été produites. De quoi maintenir l'ordre public dans les jardins.

Au cas où il n'y aurait pas de nouveaux hôtes à envahir, les larves de nématodes sont capables de résister un an à l'état libre dans l'environnement. Ce qui laisse du temps pour faire de nouvelles rencontres intéressantes. Selon les espèces, ces larves de vers vont soit stationner en embuscade dans le sol, un peu dressées pour pouvoir s'accrocher à un insecte qui passerait par là, soit rechercher activement un autre insecte. Parmi ces espèces voyageuses, certaines sont même capables de sauter sur leurs victimes. Elles forment une boucle tendue qui se déplie brusquement. C'est essentiellement ces différences de comportement qui font que chaque espèce de nématode va plutôt parasiter telle ou telle espèce d'insecte. Par exemple, ceux qui restent à l'affût vont plutôt choisir de gros insectes qui se baladent en surface alors que les voyageuses pourront aller chercher des insectes qui vivent dans le sol. Au jardinier d'adapter son arme au ravageur qu'il veut éliminer !

Qui de la guêpe ou du virus…

C'est bien connu, les guêpes vivent en communauté dans de gros nids où elles pondent leurs œufs ; à l'exception des quelques dizaines de milliers d'autres espèces de guêpes qui sont d'authentiques solitaires, asociales et qui de surcroît pondent non pas dans un nid, mais dans le corps d'un autre être vivant, généralement la larve d'un insecte lépidoptère (papillon). Ces guêpes sont dites « parasitoïdes », car elles ne sont parasites qu'à l'état larvaire et tuent leurs hôtes. Les adultes sont donc complètement libres. Comme les complexes nématobactériens, les parasitoïdes sont utilisés en agriculture biologique pour lutter contre les ravageurs. La guêpe *Cotesia congregata* est par exemple très efficace contre les chenilles du sphinx du tabac (*Manduca sexta*) qui se nourrissent des feuilles de la plante.

Ces guêpes sont munies d'un ovipositeur, une sorte d'aiguille qui remplace le dard des abeilles. Lorsqu'elles localisent un hôte pour ses rejetons, elles plantent cette aiguille dans le dos de la chenille et y déposent, selon les espèces, son ou ses œufs. Quelques jours plus tard, les œufs éclosent et les larves de guêpes dévorent la chenille de l'intérieur. La malheureuse reste vivante jusqu'à ce que ses squatters se soient correctement développés pour atteindre la métamorphose qui donnera la guêpe adulte. Contrairement aux complexes nématobactériens, il n'est pas question de foudroyer l'hôte avec des toxines mortelles. Le garde-manger doit rester vivant le temps du développement du parasitoïde. Il faut en revanche éviter que les œufs se fassent détruire par le système immunitaire de la chenille. C'est là que la guêpe utilise son arme biologique. Elle injecte avec ses œufs des milliers de virus chargés d'infecter différentes catégories cellulaires de l'hôte. Le but de la manœuvre est de rendre son système immunitaire complètement inopérant. Chez certaines espèces, ces virus symbiotiques semblent s'attaquer à toutes les catégories cellulaires alors que chez d'autres ce sont préférentiellement les hémocytes, des cellules du système immunitaire, qui sont directement visés. Résultats, les hémocytes sont complètement neutralisés. Ils ne peuvent plus adhérer les uns aux autres et donc s'unir pour encapsuler les larves de la guêpe, seul moyen de les éliminer. Cette arme biologique est absolument indispensable aux guêpes pour assurer la survie de leurs pontes. Des expériences ont montré qu'en l'absence des virus, les œufs sont rapidement reconnus par le système immunitaire de la chenille et détruits.

Le plus étonnant, c'est que ces virus semblent totalement absents du corps de la guêpe. Et aussi incroyable que cela puisse paraître, le virus n'existe pas vraiment en tant que tel. Il n'est représenté que par ses gènes, insérés au milieu de ceux de la guêpe. Dans le cas de *Cotesia congregata*, parasitoïde du sphinx du tabac, le virus est présent sous la forme de huit fragments d'ADN chacun intégré à un endroit différent du génome. Lorsque la guêpe atteint la maturité et s'apprête à pondre, ces fragments se sectionnent et s'agglomèrent pour former huit cercles d'ADN (raison pour laquelle ces virus sont appelés polyDNAvirus, des virus à plusieurs ADN), points de départ de la fabrication et de la multiplication de virus complets, c'est-à-dire un génome enfermé dans son enveloppe, la capside. Ces virus enrobent les œufs que la guêpe pond dans la chenille. Ils seront chargés, comme nous l'avons vu plus haut, de neutraliser les défenses de l'hôte encore vivant.

Chez *Campoletis sonorensis*, une autre espèce de guêpe parasitoïde bien étudiée, le virus a, lui, dix-huit segments d'ADN. Son action sur l'hôte de la guêpe est encore plus poussée. Il ne se contente pas de neutraliser les défenses pour permettre l'éclosion des œufs et le développement des larves, mais il retarde le développement de l'hôte de façon que la larve du parasitoïde ait plus de temps pour son propre développement.

L'étude des gènes de ces virus a révélé de bien étranges similitudes avec les gènes responsables de la fabrication de venins des guêpes qu'ils occupent. Cette observation troublante a conduit à deux hypothèses sur leur évolution. La première suppose que les virus, déjà installés dans les guêpes, ont capturé des gènes de venins pour leur compte. L'autre hypothèse suggère que les guêpes parasitoïdes ont acquis la faculté d'encapsider une partie de leur génome pour former des entités de type viral. Elles pourraient ainsi faire passer leurs venins dans leurs hôtes en fabriquant leurs propres virus pour effectuer le transport. En 2005, l'équipe de Jean-Michel Drezen, de l'université de Tours, a publié dans la revue *Science* le séquençage du génome de l'un de ces virus. Les résultats semblent soutenir la seconde hypothèse. Au cours de l'évolution, l'insecte aurait intégré des gènes viraux qui servent à faire des capsides et utiliserait ce processus pour « exporter » ses gènes de venin, en même temps que d'autres gènes viraux qui servent à infecter. En résumé, ces polyDNAvirus sont des virus fabriqués par des insectes ! De quoi remettre en question la notion même de virus.

Selon les spécialistes de cette drôle d'association, les polyDNAvirus auraient évolué à partir de virus d'insectes. Mais au cours de la mise en place de la symbiose et en particulier de l'intégration de leurs gènes dans le génome des insectes, ces particules auraient perdu leur identité de virus. Les guêpes auraient juste conservé certains des gènes viraux qui leur sont utiles, notamment ceux de la capside et ceux qui sont impliqués dans l'infection. Elles mettraient alors à profit ce système pour injecter dans leurs hôtes leurs propres gènes de venins responsables de la neutralisation des défenses.

Les guêpes ont trouvé le moyen d'infecter leurs hôtes, non pas avec de vulgaires substances chimiques, mais avec leurs gènes toxiques emballés dans une enveloppe de virus. Une véritable arme biologique directement fabriquée par l'organisme !

5

Les armes de destruction massive

Une poignée de parasites, plus exactement des bactéries et des virus pathogènes, sème la terreur sur terre. Ils apparaissent brutalement d'on ne sait où. Ils se manifestent d'abord par quelques victimes isolées. Puis, très vite, ils passent sur le mode épidémique et tuent des milliers de personnes avant d'exploser en pandémie. Le microbe s'attaque alors à tout un continent, voire à toute la planète. Il n'est plus question de milliers, mais de millions de morts. Certains de ces pathogènes, comme le bacille de la peste, ont déjà fait la preuve de leurs capacités de nuisance au cours de l'histoire. Ils font même encore de nos jours quelques apparitions ponctuelles. Ce sont tous de véritables menaces pour l'espèce humaine, des armes de destruction massive.

La peste noire

1346, au pied des murailles du port de Caffa, la haine des Tartares contre ces catholiques de Génois grandit. Le peuple des steppes emmené par le khan Djanibek n'est pas encore parvenu à reprendre ce comptoir de Crimée aux mains des marchands de la cité italienne, qu'une terrible épidémie décime les troupes. Les hommes sont foudroyés en quelques jours. Leur agonie est un supplice effroyable. La mort se répand comme un souffle nauséabond. Les cadavres empestent.

Et ils puent tant que le chef des Tartares décide, avant de lever le siège, de les catapulter sur ces maudits Génois, pour qu'eux aussi apprécient l'insoutenable pestilence. Et qu'ils en crèvent ! Sans le savoir, le khan Djanibek est probablement l'un des premiers chefs de guerre à avoir utilisé l'arme bactériologique. Car c'est bien la peste qui ravage la Horde d'Or. Les corps qu'il envoie virevolter par-dessus les murailles sont de véritables bombes à retardement, bourrées du bacille de Yersin, la bactérie responsable de ce que l'on appellera plus tard la peste noire. Les assiégés jettent ce qu'ils peuvent à la mer. Mais cela n'empêche pas la contamination. L'épidémie a vite fait de saisir la ville. Effrayés, certains marchands prennent la fuite à bord de galères, direction Messine *via* Constantinople. Et avec eux, ils emportent la peste. En quelques mois elle gagnera la Sicile et toute l'Italie. En quatre ans (1347-1350) elle aura anéanti l'Europe, emportant 30 à 40 % de sa population totale, soit 17 à 28 millions de morts.

Impossible d'imaginer aujourd'hui ce que peut représenter une telle destruction de masse et ses conséquences économiques, politiques et sociales. Pourtant, à l'échelle des temps historiques, cette épidémie n'est qu'un simple épisode. La peste aurait tué depuis l'Antiquité 200 millions d'êtres humains au cours de trois grandes pandémies. La première, qui s'est étalée de 542 à 767, a démarré par la fameuse peste justinienne, du nom de l'empereur byzantin. Elle a affecté la quasi-totalité du « monde connu » (Afrique du Nord, monde arabe, Europe, Asie) au cours d'une série de douze vagues meurtrières espacées de huit à douze ans et qui emportaient à chaque passage des dizaines de milliers voire des millions de vies humaines. Au total, entre 542 et 700, 50 à 60 % de la population disparaîtra. Si la peste a certes une grande responsabilité, durant la même période, la variole a elle aussi profité de cette déroute de l'homme pour prélever son dû.

La « paix » revient au VIIIe siècle. *Yersinia pestis* offre à l'humanité un répit de six cents ans. Elle réapparaît dans les steppes de l'est asiatique en 1330 et se répand vers l'ouest en empruntant les routes commerciales. L'épidémie de Caffa, suivie de la fuite des marchands génois vers l'Italie, favorisera son extension rapide vers l'Europe et marquera le début de cette deuxième pandémie qui perdurera jusqu'en 1722. Les dernières années, entre 1720 et 1722, Marseille perdra plus de 120 000 habitants. Cette deuxième pandémie se distingue de la première par le rythme soutenu des vagues épidémiques. L'Angleterre est, par exemple, frappée tous les deux à cinq ans entre 1361 et 1480. Et à chaque vague, 10 à 15 % des populations concernées sont balayées.

Quant à la troisième pandémie, elle se réveille en 1855 dans la province de Yunnan en Chine. Le bacille gagne le sud, atteint Hong-Kong, Canton et Bombay entre 1898 et 1900. Il profite de l'important trafic des bateaux à vapeur pour se répandre à travers le monde depuis l'Afrique jusqu'à l'Australie sans oublier l'Europe, l'Amérique, le Japon, le Moyen-Orient, l'Inde et les îles du Pacifique telles que Hawaï. Comme lors des deux précédentes pandémies, les hommes tombent en masse. L'Inde perd 12,5 millions d'âmes en seulement vingt ans. Heureusement, au cours du XXe siècle, l'arrivée des antibiotiques, l'amélioration des conditions de vie et à la mise en place de politiques de santé publique efficaces font perdre du terrain à la peste, sans toutefois la juguler. Même si le nombre des victimes a sensiblement diminué, nous ne sommes toujours pas sortis réellement de cette dernière pandémie. Selon l'OMS, entre 1954 et 1997, la peste a concerné 38 pays, touchant 80 613 personnes et en tuant 6 587. Rien qu'entre 1967 et 1971, 22 335 cas et 965 décès ont été enregistrés. Durant les quinze dernières années, l'OMS rapporte encore 38 310 cas et 2 845 morts dans 25 pays. Ces données sont d'ailleurs parcellaires car tous les pays concernés n'ont pas forcément les moyens de faire un recensement précis.

Aujourd'hui encore, de nombreux foyers en Afrique, dans des pays de l'ex-URSS, en Amérique et même dans le sud des États-Unis, sont susceptibles de se ranimer à tout moment. Plus inquiétant : en 1995, deux souches de *Yersinia pestis* résistantes aux antibiotiques ont été isolées à Madagascar sur deux enfants de 14 et 16 ans. Les deux jeunes Malgaches ont finalement été sauvés grâce à l'emploi d'un traitement antibiotique de choc, mais l'événement a semé le trouble. *Yersinia pestis* a la réputation d'être la bactérie la plus pathogène sur terre pour l'homme. Dans sa forme bubonique, la plus classique, la mortalité spontanée est de l'ordre de 60 % à 70 %. Si elle évolue vers sa forme pulmonaire, elle est radicale : mort garantie en moins de trois jours. Et si elle vire à la septicémie, elle est tout simplement foudroyante : quelques heures suffisent pour terrasser le malade. L'autre problème majeur de la peste est son extrême contagiosité. Parasite du rat, le bacille passe facilement à l'homme par les piqûres des puces du rongeur. Dans sa forme pulmonaire, la transmission se fait directement entre individus par les expectorations et autres gouttelettes respiratoires. Récemment, aux États-Unis, des cas de pestes pulmonaires avec une forte mortalité étaient dus à une transmission par les chats, prédateurs naturels des rongeurs et compagnons habituels des hommes ! Donc, si comme à Madagascar, le bacille pesteux devenait résistant à nos antibiotiques, nous nous trouverions dans une très mauvaise posture. Sans oublier qu'avec l'intensité des échanges globaux, un tel supermicrobe pourrait toucher tous les continents en quelques heures seulement. « Heureusement, rassure Élisabeth Carniel, responsable de l'unité de recherche *Yersinia* à l'institut Pasteur, la résistance du bacille aux antibiotiques est pour le moment très rare. » Mais l'on sait maintenant que des souches résistantes existent. En 2002, Élisabeth Carniel et ses collègues ont d'ailleurs décrit comment cette résistance était apparue. Le bacille a reçu d'une autre bactérie un plasmide, c'est-à-dire un bout d'ADN circulaire indépendant, qui avait la particularité de comporter des gènes de résistance aux antibiotiques. Ces échanges de gènes, assez communs chez les microbes, sont un formidable moyen d'adaptation à des changements d'environnement et accessoirement une redoutable contre-mesure à notre technologie. En effet, depuis la découverte des antibiotiques par les hommes, certaines bactéries ont trouvé des parades pour se défendre. Elles sont devenues résistantes en modifiant leur génome. Cette modification peut être le fait d'une simple mutation sur leur propre ADN ou d'une acquisition de gènes de résistance provenant d'une autre bactérie. Ces gènes sont souvent situés sur des plasmides qui se promènent dans la nature, pouvant à l'occasion se glisser dans une bactérie pathogène… agent de la peste inclus !

Le microbe répond ainsi au meilleur de la technologie humaine par sa propre technologie de pointe : le génie génétique. En modifiant son génome, il a tout simplement adopté une solution de survie vieille comme la vie, l'OGM. Contre nos antibiotiques, il s'est adapté par modification génétique. Ce processus est très classique dans la course aux armements à laquelle se livrent l'homme et les pathogènes. Le microbe agresse l'homme. L'homme réplique par sa technique, les antibiotiques. Malheureusement ces molécules ne tuent pas 100 % des microbes. Certains disposent des fameux gènes de résistance. À force de traitements, les bactéries sensibles disparaissent et les résistantes deviennent prédominantes. Au bout du compte, la technologie humaine est obsolète.

Autre temps, mêmes mœurs. Dans le passé, c'est aussi la transformation génétique qui a permis à *Yersinia pestis* de s'adapter à son vecteur, la puce du rat. En effet, grâce à un deuxième plasmide acquis au cours de son évolution, le bacille est capable de survivre dans le tube digestif de l'insecte, se multipliant même au niveau de l'estomac. Chez certaines puces se produit de surcroît un phénomène absolument remarquable qui améliore sensiblement les capacités de transmission de la maladie. En se multipliant, les bactéries forment une sorte d'amas plus ou moins solide qui remonte dans le proventricule, c'est-à-dire la partie qui sépare l'estomac de l'œsophage de la puce. Petit à petit, cet amas constitue un véritable bouchon bourré de bactéries. Il continue à grossir en direction de l'œsophage et finit par empêcher complètement le passage des repas de sang. La digestion est bloquée. La puce a beau avaler du sang, son estomac ne voit plus rien passer. Ce jeûne forcé affame très vite l'insecte, qui n'a d'autres solutions que de multiplier les repas pour contrer cette sensation de faim. La puce pique et pique encore. Le sang qu'elle avale reste toujours bloqué dans la partie supérieure du tube digestif, se chargeant au passage des *Yersinia* présentes au niveau du bouchon. À force, lors de ses piqûres, la puce régurgite ce sang bourré de bactéries pathogènes qui s'introduisent directement dans la circulation du sang du rat, ou de l'homme, si elle n'a plus de rats disponibles. Rat ou homme, le nouvel hôte est maintenant bel et bien contaminé. Les bactéries vont se multiplier jusqu'à la septicémie, responsable de la forte mortalité associée à la peste.

Pour réaliser son cycle, le bacille n'a pas le choix. Il est obligé d'être très virulent. S'il veut passer d'hôte en hôte *via* la puce, il doit être extrêmement abondant dans le sang afin d'augmenter ses chances d'être absorbé à l'occasion des piqûres de l'insecte. La puce joue donc le pire rôle pour les victimes de la peste : elle est grandement responsable du passage de la bactérie du rat à l'homme, de la dissémination d'hôte en hôte et surtout de la forte virulence du microbe. D'où ce conseil de bon sens en cas d'épidémie de peste : surtout ne pas tuer les rats. Sinon, les puces affamées trouveront toujours un homme à se mettre « sous la dent ».

La terreur venue de l'Inde

Entre la peste ou le choléra, l'homme n'a pas eu l'embarras du choix. Durant des siècles, ce fut la peste et le choléra. En Inde, des textes en sanscrit datant de 500 à 400 avant J.-C. semblent déjà décrire la maladie. Même s'il n'est pas possible d'affirmer avec certitude qu'il s'agissait bien de la même affection, il ne fait aucun doute qu'elle n'est pas apparue avec les pandémies du XIXe siècle. Le choléra était présent depuis bien longtemps dans le sous-continent indien avant sa première grande apparition en 1817. Cette pandémie qui dura jusqu'en 1823 fut géographiquement limitée. Outre l'Inde, elle toucha essentiellement l'Asie du Sud-Est, l'Asie centrale, le Moyen-Orient et la Russie, laissant sur son passage des centaines de milliers de morts. La deuxième grande vague (1829-1851), partie probablement de Russie, toucha en revanche l'Europe, traversa l'Atlantique jusqu'à atteindre New York, Philadelphie et La Nouvelle-Orléans. Au total, sept pandémies ont écumé tous les continents et la dernière, démarrée en 1961, est toujours en cours [1].

Comme la peste, le choléra est redouté pour sa violence et sa contagiosité. Il est causé par deux formes différentes de la bactérie *Vibrio choleræ*, appelée aussi vibrion : la souche 0139, isolée pour la première fois au Bengale, et la souche 01 El Tor, apparue en Indonésie

1. GUALDE, Norbert, *Comprendre les épidémies. La coévolution des microbes et des hommes*, Éditions Les Empêcheurs de Penser en Rond, 2006.

en 1961 lors de la septième pandémie. L'une et l'autre de ces deux souches provoquent les mêmes symptômes particulièrement spectaculaires : de violentes diarrhées, voire des vomissements importants faisant perdre au malade jusqu'à 15 litres d'eau par jour, éliminant ainsi une grande quantité de sels minéraux. S'il n'est pas soigné rapidement, il risque une déshydratation sévère et donc la mort en quelques heures. Ces pertes hydriques sont le fait d'une toxine cholérique produite par la bactérie dans l'intestin. On comprend facilement l'intérêt de cette toxine pour le microbe. L'eau évacuée est bourrée de vibrions qui retournent ainsi dans le milieu et contaminent d'autres hommes *via* les eaux usées et les aliments. La pérennité du microbe est assurée. Pourtant, *Vibrio choleræ* n'est pas directement responsable de cette astucieuse combine. La toxine cholérique est une invention du bactériophage CTX, un virus parasite de la bactérie ! Le CTX a besoin de la bactérie pour se multiplier car il ne dispose pas lui-même de toute la machinerie cellulaire qui lui permettrait de fabriquer ses propres éléments constitutifs codés dans ses gènes. C'est un peu comme l'ingénieur d'un Airbus A380 qui aurait les plans de fabrication de son avion, mais pas l'usine. La solution du virus : sous-traiter sa production. Il se débrouille donc pour insérer dans le génome de la bactérie cholérique son propre génome, pour que celle-ci produise pour lui ses matériaux de base. Mais en échange le bacille « ouvrier » détourne la toxine du virus pour son propre usage. Au bout du compte tout le monde est gagnant, sauf l'homme. Le virus a pu se reproduire et la bactérie, qui elle aussi s'est multipliée, va pouvoir poursuivre son forfait. Les milliards de vibrions profitent des fuites d'eau provoquées chez l'homme pour rejoindre l'environnement et suivre le cours des eaux usées. Si ces effluents ne sont pas traités, l'épidémie s'emballe. Cela explique l'importance des pandémies historiques et les flambées récentes du choléra dans des pays ne disposant pas de moyens de traitements des eaux. La bactérie progresse par les aliments ayant été au contact de l'eau souillée. Mais pas seulement. Le choléra se transmet aussi entre individus. Quand de bonnes conditions d'hygiène et d'alimentation en eau ne peuvent être respectées, par exemple dans les camps de déplacés du Darfour où le choléra fait de régulières irruptions, les diarrhées, les vomissements et même la sueur sont tels que le malade, s'il n'est pas lavé, se retrouve lui-même enveloppé dans une sorte de gangue bourrée de vibrions. « Le malade contamine tout ce qu'il touche et tous ceux qui le touchent », commente Norbert Gualde, immunologiste à l'université de Bordeaux. Et la transmission de se poursuivre.

Ce rapport avec l'eau est crucial pour la bactérie. Le Bangladesh subit tous les ans des flambées épidémiques saisonnières.

L'explication n'a été apportée que très récemment, notamment par les travaux de la microbiologiste américaine Rita Colwell. *Vibrio choleræ* est une bactérie banale du milieu marin. Elle est habituellement fixée au zooplancton et plus particulièrement à des petits crustacés. Quand la température des eaux de surface augmente en été, la quantité de phytoplancton explose. Le zooplancton, grand consommateur de cette manne verte, en profite pour se développer et avec lui le bacille cholérique. En 2005, des chercheurs américains ont même découvert le lien qui unit l'homme au zooplancton. La bactérie dispose à sa surface d'une protéine spécifique qui lui permet de se fixer à une molécule présente sur la carapace des crustacés. Or cette molécule existe aussi dans le tube digestif de l'homme et permet donc la fixation du pathogène dans l'intestin. Ce détail insignifiant à l'échelle de tout un organisme vivant comme l'homme, cette petite molécule de rien du tout que nous avons la malchance de partager avec le zooplancton joue un rôle déterminant dans la maladie et montre les capacités d'adaptation des microbes. Toutefois, même si l'on commence à mieux comprendre le cycle du choléra en Asie, les choses semblent différentes en Afrique où il sévit aussi. Aucune association avec le zooplancton n'a été découverte. Le véritable réservoir du bacille n'est toujours pas connu.

Heureusement le choléra, à la différence de nombreuses maladies infectieuses, est un mal facile à combattre, pour peu que l'on vive à la bonne époque ou au bon endroit. Il suffit d'un simple traitement antibiotique et d'une réhydratation pour remettre sur pied le malade. La transmission peut être arrêtée par le respect de règles d'hygiène élémentaires et par l'isolement des sources de contamination aquatique. Au XIXe siècle, le médecin anglais John Snow, qui avait été confronté à plusieurs épidémies de choléra, défendait déjà l'idée que la source du mal était l'eau. Sa clairvoyance lui avait permis de stopper la progression du bacille dans un quartier de Londres. Il avait simplement fait enlever la poignée de la pompe d'un puits qu'il estimait pollué !

Le duo assassin

Les chiffres de la tuberculose donnent froid dans le dos : un tiers de la population mondiale est infecté et l'on dénombre deux millions de morts chaque année. Incontestablement le fameux bacille de Koch (*Mycobacterium tuberculosis*), la bactérie responsable de la maladie, est une arme de destruction massive. L'OMS estime que si nous ne parvenons pas à améliorer le contrôle de ce pathogène, entre 2000 et 2020, près de un milliard de personnes seront nouvellement infectées, 200 millions d'entre elles développeront la maladie et 35 millions en mourront. Des ravages inacceptables pour une maladie que l'on sait soigner. Mais voilà, le traitement est long (jusqu'à six mois) et pénible. Il est surtout coûteux et donc inaccessible aux populations les plus concernées, c'est-à-dire les plus démunies. Comme le rappelle Olivier Neyrolles, chercheur à l'Unité de génétique mycobactérienne de l'Institut Pasteur : « La tuberculose est une maladie de la misère. Elle se développe auprès des populations défavorisées, en particulier dans les pays en développement. » Les pays riches ayant aussi leurs pauvres, ils ne sont pas épargnés par la tuberculose. À Paris *intra-muros*, le taux de personnes infectées est d'environ 40 pour 100 000, soit quatre fois plus élevé que dans le reste du pays. Les victimes sont essentiellement les SDF et les populations immigrées des quartiers les plus populaires.

Le bacille de Koch est terriblement efficace. Tout semble favoriser son épanouissement parmi les hommes. Il se transmet facilement *via* les gouttelettes des aérosols expulsées par la toux des malades. Une personne non traitée contamine en moyenne 10 à 15 personnes par an ! Il est aussi doté d'une remarquable résistance aux agressions physiques et chimiques. Il reste virulent un mois dans un crachat desséché et plusieurs mois dans la terre. Il ne redoute guère les désinfectants grâce à sa paroi protectrice. Mais sa plus grande force, c'est la patience. À la différence des agents de la peste et du choléra qui pratiquent la politique de la terre brûlée, le bacille de Koch, lui, a développé une stratégie fondée sur l'attente, voire le contrôle des dommages. Si un tiers des humains de la planète est infesté, seuls 5 % à 10 % d'entre eux développeront vraiment la pathologie. Une moitié le fera dans les deux premières années qui suivent l'infection, l'autre dix, vingt, trente voire quarante ans plus tard. Le pathogène peut rester tapi dans les cellules de sa victime durant des décennies sans jamais se faire remarquer. Les travaux d'Olivier Neyrolles et de Brigitte Gicquel, directrice de l'Unité de génétique mycobactérienne de l'Institut Pasteur, ont montré début 2007 que la bactérie, durant cette dormance, pouvait trouver refuge dans les adipocytes, les cellules qui stockent les graisses dans notre organisme. Elle y survivrait en consommant les lipides accumulés par ces cellules hôtes. C'est là encore une formidable adaptation pour ce tueur tranquille car, à l'abri dans les adipocytes, il ne risque pas d'être détecté et détruit par le système immunitaire. Mieux, sur un plan évolutif, il pourrait y avoir une sorte d'entente cordiale entre les deux parties. Le système immunitaire est stimulé par l'infection. Il reste en veille et parvient à contenir le pathogène dans 90 % des cas. Quant au bacille, même s'il n'est pas assuré d'être transmis à d'autres humains, il survit néanmoins dans son hôte.

Reste un problème récurrent pour de nombreuses bactéries pathogènes : la résistance aux antibiotiques. Chez le bacille de Koch, cette résistance existe déjà contre les deux antibiotiques utilisés en routine : l'izoniazide et la rifampicine. Elle résulte de mutations génétiques ponctuelles. Ces mutations ne sont certes pas très fréquentes, 1 bactérie sur 100 000 est résistante à l'izoniazide et 1 sur 100 000 000 à la rifampicine. Pourtant, étant donné la quantité ahurissante de bacilles de Koch disséminée dans la nature – un tiers de la population humaine mondiale est contaminé –, cela n'est plus négligeable. De plus, comme le traitement mêlant ces deux antibiotiques est long, coûteux et contraignant, beaucoup de patients ne le respectent pas. Conséquence immédiate : les bactéries sensibles sont éliminées, mais pas les résistantes. Les deux antibiotiques sont alors inefficaces. Seuls des antibiotiques de seconde intention peuvent parvenir à se débarrasser du pathogène. Mais ces antibiotiques sont bien plus difficiles à supporter et surtout, s'ils sont à nouveau mal utilisés, ils sélectionnent des bactéries ultrarésistantes, contre lesquelles il n'est alors pratiquement plus possible d'agir.

Entre janvier 2005 et mars 2006, une inquiétante épidémie de tuberculose a été signalée dans un hôpital de la province de KwaZulu-Natal, en Afrique du Sud, où 53 patients étaient justement infestés par une souche ultrarésistante du bacille de la tuberculose. Cette tuberculose est extrêmement violente. Sur les 53 malades, 52 sont morts dans le mois qui a suivi l'identification de la bactérie. Mais le plus inquiétant est que cette tuberculose puisse se répandre chez des malades déjà très fragilisés par le virus du sida. Les médecins savent qu'un patient séropositif a cinquante fois plus de risques de développer une tuberculose active s'il est infecté par la bactérie. Le traitement d'une coinfection par ces deux pathogènes est déjà un véritable casse-tête. S'il s'agit en plus d'un bacille tuberculeux ultrarésistant, les chances d'en venir à bout sont très minces. Or, la superbactérie a été identifiée dans 33 centres de soins de la province de KwaZulu-Natal. Et en Afrique du Sud, 60 % des personnes atteintes de la tuberculose sont aussi contaminées par le VIH. Une explosion épidémique d'un bacille tuberculeux ultrarésistant laisse peu de doutes sur les conséquences dramatiques qu'elle pourrait avoir dans ce pays. Et au-delà ? D'après l'OMS, cette souche tuberculeuse se serait déjà dispersée sur toute la planète. Le terrifiant couple VIH-bacille de Koch est donc potentiellement prêt à faire de très gros dégâts. Le sida fait entre 1,9 et 2,4 millions de morts par an selon les dernières estimations publiées dans le rapport de l'Onusida en novembre 2007. Dans ce même document, les experts rappellent qu'entre 30,6 et 36,1 millions de personnes vivent avec le virus et plus de 2,5 millions ont été nouvellement infectées en 2007 ! L'humanité est loin d'en avoir fini avec le sida et son cortège de maladies opportunistes telle la tuberculose. Même si pour la première fois, tempère l'Onusida, la prévalence, c'est-à-dire le pourcentage de personnes vivant avec le VIH, s'est stabilisée.

La menace terroriste

Le 8 mai 1980, la 33e Assemblée mondiale de la santé déclarait que la variole était éradiquée à travers le monde et qu'un retour du virus était improbable. Pour l'OMS, ce programme d'éradication lancé en 1966 est un succès historique. La variole est la première maladie infectieuse éradiquée de la surface de la planète grâce à la vaccination. Elle est accusée d'avoir tué plus d'un milliard d'humains en près de treize siècles. Avant son élimination, elle faisait environ cinq millions de victimes par an dans le monde. Seule faiblesse de cette maladie appelée aussi « petite vérole » : ceux qui y survivaient étaient définitivement immunisés. La variole, soit on en mourait, soit on y survivait à tout jamais. Cette vertu immunisante a conduit le médecin anglais Edward Jenner à pratiquer la première tentative de vaccination. En 1796, il inocula la variole des vaches (*cowpox*) à James Phipps, un enfant de 8 ans. Le jeune garçon développa la maladie mais se rétablit très vite. Quelques mois plus tard, Jenner lui inocula cette fois la variole humaine. L'enfant ne fit aucune réaction. Pas plus de réaction lors d'un deuxième essai réalisé peu après. Phipps, qui devint le jardinier de Jenner, résista ainsi durant une vingtaine d'années aux injections répétées de variole pratiquées par le médecin pour démontrer le caractère permanent de la vaccination. Ces expériences eurent un énorme impact en Europe et notamment en France où de grandes campagnes de vaccination furent lancées dans tout le pays. En 1967, l'OMS développa un vaste programme d'éradication de la maladie. Le 26 octobre 1977, le dernier cas fut enregistré en Somalie. Enfin, le 9 décembre

1979, l'OMS déclara que la planète était débarrassée de la variole. En France, la vaccination fut interrompue en 1979. Les rappels ont, eux, été arrêtés en 1984.

À vrai dire, le virus n'a pas vraiment disparu. Il est encore conservé officiellement au centre de contrôle des maladies d'Atlanta (États-Unis) et au centre de recherche de Novossibirsk (Russie). Difficile de savoir si d'autres pays l'ont conservé et surtout dans quels buts. La variole est considérée comme la principale menace bioterroriste. Le virus est certes extrêmement contagieux et dangereux mais, plus grave, s'il refaisait surface aujourd'hui, ce serait au milieu de populations qui ne sont plus vaccinées depuis les années 1980. Toutes les personnes nées après l'arrêt de la vaccination ne sont absolument pas protégées contre la maladie. En 2003, la France a d'ailleurs mis en place le « Plan national de réponse à une menace de variole » consistant à disposer préventivement d'un stock de vaccins suffisant pour l'ensemble de la population résidant sur le territoire.

6

La course aux armements

Les hôtes ne restent pas sans rien faire face aux parasites. Ils se défendent, résistent. Ils s'adaptent en développant de nouvelles armes contre celles des parasites. Contre ces armes, les parasites en développent de nouvelles, plus efficaces. Les hôtes feront de même pour mieux résister. Et ainsi de suite. Entre parasites et parasités, c'est une véritable course aux armements qui s'instaure car l'un et l'autre poursuivent avec ardeur le même but égoïste : survivre !

Alice au pays des parasites

« Allons ! Allons ! criait la Reine. Plus vite ! Plus vite !

Elles allaient si vite qu'à la fin on aurait pu croire qu'elles glissaient dans l'air, en effleurant à peine le sol de leurs pieds ; puis, brusquement, au moment où Alice se sentait complètement épuisée, elles s'arrêtèrent, et la fillette se retrouva assise sur le sol, hors d'haleine et toute étourdie. La Reine l'appuya contre un arbre, puis lui dit avec bonté :

– Tu peux te reposer un peu à présent.

Alice regarda autour d'elle d'un air stupéfait.

– Mais voyons, s'exclama-t-elle, je crois vraiment que nous n'avons pas bougé de sous cet arbre ! Tout est exactement comme c'était !

– Bien sûr, répliqua la Reine ; comment voudrais-tu que ce fût ?

– Ma foi, dans mon pays à moi, répondit Alice, encore un peu essoufflée, on arriverait généralement à un autre endroit si on courait très vite pendant longtemps, comme nous venons de le faire.

– On va bien lentement dans ton pays ! Ici, vois-tu, on est obligé de courir tant qu'on peut pour rester au même endroit. Si on veut aller ailleurs, il faut courir au moins deux fois plus vite que ça ! »

Prophétique ! Dans ce fameux passage de *De l'autre côté du miroir*, la suite des aventures d'*Alice au pays des merveilles*, Lewis Carroll décrit en 1872 ce que les biologistes ne comprendront que cent ans plus tard pour expliquer les mécanismes de l'évolution. Comme Alice, tout être vivant ne cesse de courir pour rester sur place ! En termes moins métaphoriques, disons que les espèces, si elles ne veulent pas disparaître, n'ont d'autre choix que de s'adapter aux évolutions des autres espèces avec lesquelles elles interagissent dans leur environnement.

L'exemple emblématique et quelque peu caricatural de ce concept est celui de la coévolution entre des lions et des gazelles. Dans cette relation prédateur/proie, les lions ne peuvent survivre et se reproduire, donc transmettre leurs gènes, que s'ils engloutissent quelques gazelles de temps en temps. Au contraire, les gazelles n'ont d'avenir que dans la fuite. Si elles échappent aux lions, elles pourront elles aussi transmettre leurs gènes. Les deux espèces ont ainsi pour leur survie des objectifs strictement incompatibles qu'elles tentent pourtant de réaliser avec la même stratégie : courir plus vite ! Elles auront beau améliorer leurs performances, elles feront, l'une par rapport à l'autre, du surplace.

Petit détour par la savane pour bien comprendre ce fonctionnement. Imaginons une meute de lions affamés voisinant avec un troupeau de gazelles effarouchées.

Ces lions sont connus dans ce coin de savane pour être de redoutables chasseurs car très véloces. Ils devraient donc faire un vrai carnage sur le troupeau de gazelles. C'est d'ailleurs ce qu'il se passe puisqu'ils en croquent une bonne partie, laissant filer celles qui, plus rapides que les autres, ont échappé au festin ! Ce ne serait que partie remise, car à la prochaine occasion, ces gazelles finiront leur course dans un estomac de fauve. Mais voilà que ces fameuses gazelles se révèlent véritablement insaisissables. Aucun lion n'arrive à les intercepter. Du coup, elles ont plus de chances de se reproduire et ainsi de transmettre à leur descendance les gènes qui leur confèrent ces qualités de sprinteuses. De génération en génération, la part de ces gazelles rapides augmente sensiblement dans la population. Si bien que la réputation de la meute de lions en prend un sacré coup tant ils rentrent souvent bredouilles. Pourtant, une nouvelle ère se prépare. Parmi cette meute de lions, certains sont nés un peu plus rapides que leurs parents, frères, sœurs, cousins et cousines. Ceux-là réussissent mieux que les autres à la chasse. Ils se nourrissent mieux et donc vivent dans de meilleures conditions. Ils ont alors toutes les chances d'être en pleine forme, de vivre plus vieux, de se reproduire davantage et par conséquent d'avoir une plus large descendance. Descendance à laquelle ils confient leurs bons gènes de chasseur. La portion de lions rapides va logiquement finir par s'imposer. Conséquence : les lions se sont adaptés aux évolutions des gazelles en courant plus vite. Mais les gazelles finiront elles aussi par s'adapter à l'évolution des lions en améliorant à leur tour leur performance à la course. Et ainsi de suite. Finalement, les deux espèces courent toujours plus vite pour conserver un rapport de force qui veut qu'une partie des gazelles échappe toujours à la boulimie des lions. Même si elles évoluent, les deux espèces font, l'une par rapport à l'autre, comme Alice, du surplace.

C'est le biologiste Leigh Van Valen de l'université de Chicago qui en 1973 eut le premier l'idée de cette course sur place pour décrire la coadaptation entre espèces. Cette théorie, qu'il intitula « Théorie de la reine rouge » en référence au conte de Lewis Carroll, est devenue l'un des piliers conceptuels de la biologie évolutive.

Dans la réalité, ce qui se passe sur ce tapis roulant de l'évolution est autrement plus complexe que la relation caricaturale décrite plus haut entre le lion et la gazelle. Dans le parc du Serengeti, le lion n'interagit pas qu'avec les gazelles. Pour ne pas mourir neurasthénique, il doit aussi s'adapter aux visites régulières des touristes venus faire un safari-photo en 4 × 4 !

La ruse des passiflores

Changement de décor. Cet exemple, comme celui des lions, n'est pas un cas de parasitisme, mais il nous aide à comprendre la notion de course aux armements. Cette fois la guerre se déroule dans nos jardins, autour des passiflores. Ces plantes sont très prisées des jardiniers pour leurs fleurs étranges. L'espèce *Passiflora edulis* est aussi très appréciée des amateurs de fruits exotiques pour sa production des fameux fruits de la passion. Mais les passiflores ne sont pas du goût de tous et en particulier des insectes. Elles produisent dans leurs feuilles des substances toxiques qui les mettent à l'abri des ravageurs les plus voraces. Seuls les *Heliconius* s'en sont plus ou moins accommodés. La chenille de ces papillons se moque du poison fabriqué par la plante. Elle le dégrade à l'aide d'une enzyme digestive. Une précaution tout de même : l'animal ne doit pas manger n'importe quelle passiflore. Car chaque espèce de chenille est adaptée à une espèce bien particulière de la plante.

Bien décidées à ne pas se laisser si facilement dévorer, les passiflores ont trouvé une nouvelle ruse pour détourner l'appétit des chenilles. Elles exploitent le comportement de l'insecte au moment de la ponte. Quand la femelle papillon doit déposer ses œufs sur la plante, elle choisit habituellement des feuilles où ne se trouvent pas les œufs d'une autre femelle. Cela évite par la suite une compétition entre bandes rivales de chenilles pour savoir qui va manger la plante. Premier arrivé, premier servi. Un principe que les passiflores retournent à leur avantage. Elles sont capables d'exhiber sur leurs feuilles des nectaires, tissus produisant la nectare, dont les excroissances ressemblent comme deux gouttes d'eau aux œufs du papillon. L'animal, pensant que la place est déjà occupée, va donc déposer ses pontes plus loin.

En résumé, la coévolution de la plante et de l'insecte s'est déroulée en plusieurs étapes. D'abord les passiflores se mettent à produire des toxines pour éviter de se faire dévorer par les chenilles. Mais les chenilles s'adaptent en développant des enzymes qui neutralisent les toxines. L'adaptation se fait même par une extrême spécialisation, c'est-à-dire que chaque espèce d'*Heliconius* est adaptée à une espèce particulière de passiflore de façon que l'insecte soit le seul à exploiter sa ressource. Réaction de la passiflore : elle « invente » des nectaires qui ressemblent aux œufs des *Heliconius*. La plante évite ainsi d'être systématiquement dévorée par l'insecte. Ce système de défense sera efficace jusqu'à ce qu'un papillon plus perspicace que les autres réalise la duperie et ponde quand même sur les feuilles à nectaires. Celui-là sera avantagé par une ponte plus facile. Il aura une descendance plus abondante et finira par s'imposer. Pas de triomphalisme toutefois, car il devra s'attendre à ce que les passiflores sélectionnent une nouvelle ruse pour contrer sa perspicacité et celle de ses descendants.

Cet affrontement sans fin rappelle la course aux armements à laquelle se livraient les États-Unis et l'URSS durant la guerre froide. Les deux rivaux ne cessaient d'améliorer et d'élargir leur arsenal respectif en réaction aux évolutions des armes du camp adverse. Entre les espèces, c'est toujours la guerre froide. Et entre les parasites et les parasités, la course aux armements, c'est la routine.

La guerre des lapins

Au début, en 1859, ils n'étaient que 24 lapins, ou plutôt 12 couples, enfermés dans des cages et débarqués sur les nouvelles terres australiennes. C'est le colon britannique Thomas Austin qui les avait fait venir d'Angleterre. Le tir au lapin, une passion, lui rappelait le pays. Il a donc libéré les 24 petits bestiaux à Barwon Park, son immense propriété, avec l'idée que, d'ici peu, il pourrait faire de jolis cartons pour vaincre l'ennui de ses longues journées de fermier. Dix ans plus tard, les lapins s'étaient reproduits… comme des lapins. Ils se répandaient dans le pays, progressant chaque année de 100 kilomètres. Les Australiens s'évertuaient à en supprimer plus de deux millions par an, à coups de fusil ou de pièges, sans que cela ait la moindre incidence sur le reste de la population. Pour ces lagomorphes, l'Australie c'est le paradis sur terre. Avec un hiver doux, ils peuvent se reproduire toute l'année. Ils déterrent les semences, broutent les cultures et l'herbe des animaux d'élevage et de la faune native. Et surtout, sans prédateurs naturels, ils se multiplient sans contrôle. Outre le tir au lapin et le piégeage, tout a été essayé pour s'en débarrasser : la destruction des terriers, le poison, l'explosif, la fumigation… En vain ! Même en éliminant 80 % d'une population, les 20 % restants mettent tout juste un an pour reconstituer l'effectif initial. En 1900, la population de lapins était estimée à un milliard. Elle atteindra le cap des 10 milliards en 1926.

Dans les années 1920, le chercheur brésilien Henrique de Beaurepaire Aragao propose alors d'introduire en Australie le virus de la myxomatose pour éradiquer le lapin. Ce virus originaire d'Amérique du Sud, cousin de celui de la variole, est mortel pour les lapins européens. Mais les Australiens, échaudés par les ravages des précédentes introductions, préfèrent bien réfléchir avant de prendre la décision d'ouvrir leur île continent à un virus. Des expériences sont menées en Europe jusqu'à la Seconde Guerre mondiale durant laquelle la lutte contre les lapins est un peu abandonnée. En 1946, la population atteint d'ailleurs des sommets. Ce n'est qu'en 1948 que des expérimentations sont menées en Australie avec plus ou moins de succès. Mais entre Noël et le jour de l'an 1950-1951, la myxomatose s'échappe d'un site d'expérimentation de Murray Valley, probablement par l'intermédiaire des moustiques. La maladie explose et cause une incroyable épidémie. En tout juste trois ans, 99,8 % des lapins sont morts ! Seuls quelques lapins résistants ont survécu. Mais des lapins résistants restent des lapins, qui se reproduisent comme des lapins parés pour la reconquête du territoire. Nouvelle explosion de lapins, suivie d'une nouvelle épidémie qui cette fois ne décime que 90 % de la population. Aucune surprise sur le comportement des 10 % qui restent. Ils se sont multipliés. Troisième épidémie de myxomatose et une mortalité qui atteint péniblement les 40 % à 60 %, soit environ deux fois plus faible que lors de la première vague.

Cette baisse de la mortalité est le résultat de deux phénomènes : une augmentation de la résistance des lapins conjuguée à une diminution de la virulence des souches de virus. Donc des lapins de plus en plus robustes face à des virus de moins en moins agressifs. Généralement, dans ce genre de situation, il est difficile de savoir si ce sont les hôtes qui sont devenus résistants ou les parasites qui se sont calmés. Mais dans le cas de la myxomatose, des expériences de laboratoire ont pu reproduire ces évolutions conjuguées de résistance et de virulence. Des virus isolés année après année en milieu naturel ont été inoculés à des lapins de laboratoire. Résultat, ils étaient effectivement de moins en moins virulents avec le temps. De même, la résistance des lapins sauvages a été étudiée en leur inoculant, année après année, une souche du virus cultivée en laboratoire. Les lapins étaient de plus en plus résistants.

Les variations de la mortalité de la myxomatose sur les lapins australiens sont le seul cas formellement démontré de coévolution d'un pathogène et de son hôte. C'est l'un des plus beaux exemples de la biologie évolutive car, pour une fois, les scientifiques ont pu assister presque en direct au phénomène. Ces variations sont en partie le fait d'une course aux armements, notamment quand le lapin accroît sa résistance au virus. Mais intuitivement, on comprend aussi que le virus, s'il veut se multiplier, a tout intérêt à ménager son hôte. S'il assassine 100 % des lapins, son existence sera de courte durée, à moins de trouver un hôte de substitution. En devenant moins virulent, il se garde au chaud une petite part de lapins pour les prochaines épidémies. Bien sûr, le virus n'a pas d'intention, il n'est pas le maître d'œuvre de cette stratégie de conservation diabolique. C'est bien la sélection naturelle qui mène le jeu. En tuant systématiquement les lapins, les virus assassins auront moins de chances de se répandre que les virus moins virulents, qui eux peuvent se transmettre de lapin vivant en lapin vivant. Moralité, un « bon » parasite est un bon gestionnaire des ressources.

Entre parasites et parasités

Chez l'homme comme chez tous les vertébrés – poissons, amphibiens, oiseaux, reptiles, mammifères –, c'est le système immunitaire qui est au cœur de la course aux armements. En simplifiant, nous pourrions dire qu'il constitue une véritable armée qui opère toujours en deux étapes et selon la même stratégie. Dans un premier temps, lorsque par exemple une bactérie pathogène passe à l'attaque, le système immunitaire envoie à la rescousse différents types de cellules – macrophages, cellules dendritiques, granulocytes, cellules NK, etc. – et différentes molécules solubles dans le sang – défensines, facteurs du complément, etc. Cette escouade d'urgence est mobilisable rapidement et toujours prête à combattre n'importe quel type de pathogène. Elle est responsable de ce que l'on appelle communément la réponse innée, marquée entre autres par la poussée de fièvre. Mais cette réponse ne suffit pas toujours. Dans ce cas un second système, appelé réponse adaptative, se met à l'œuvre. Des cellules particulières vont faire connaître à l'organisme infecté l'identité du pathogène qu'il est en train de combattre. Ces cellules sont dites « présentatrices d'antigènes » car elles exposent à leur surface des fragments d'antigènes, c'est-à-dire des molécules caractéristiques du pathogène. D'autres cellules, les lymphocytes B, présentes en très grand nombre, viennent se lier spécifiquement à ces antigènes grâce à des récepteurs présents sur leurs propres membranes. Un lymphocyte n'a pourtant qu'un seul type de récepteur à sa surface. Ce qui suggère la présence d'un très grand nombre de lymphocytes B susceptibles de répondre à la grande diversité des antigènes qui peuvent leur être présentés. La liaison entre le récepteur et l'antigène déclenche une multiplication intense de lymphocytes B. Certains d'entre eux vont se transformer pour créer des plasmocytes, de nouvelles cellules qui se spécialisent dans la sécrétion d'anticorps, une arme chimique dirigée spécifiquement contre les antigènes du pathogène.

Cette stratégie en deux temps n'aurait en l'état que peu d'intérêt. En effet, si une même bactérie se représentait dix ans plus tard, il faudrait tout reprendre de zéro jusqu'à la production des fameux anticorps. Heureusement, le système immunitaire dispose d'une mémoire des combats qu'il a déjà menés. Il conserve dans son arsenal les armes qui lui ont permis de terrasser tel ou tel microbe. Nous l'avons vu plus haut, lorsque les lymphocytes B se multiplient, certains se transforment en plasmocytes usines d'anticorps. Mais d'autres deviennent de véritables cellules d'archives qui vont conserver la mémoire des plans de construction de ces anticorps. Ces cellules se multiplient et restent en veille. Tels des agents dormants, elles se réactiveront rapidement pour lancer la production des anticorps dès que le pathogène réapparaîtra. Grâce à cette immunité acquise, le système immunitaire n'a pas à renouveler un travail laborieux qu'il aurait déjà effectué quelques années plus tôt. C'est précisément ce qui se passe dans les cas d'infection par le virus de la rougeole. Les enfants qui sont exposés une première fois sont protégés à vie car ils disposent alors des anticorps antirougeole.

Cette mémoire biologique permet donc d'obtenir une immunité naturelle. Mais en aidant un peu la nature, l'homme a réussi à s'en servir pour concevoir les vaccins, dont entre autres celui de la rougeole. L'objectif est de reproduire le processus de l'immunisation sans développer la maladie. De nombreux vaccins contiennent donc le microbe inactivé ou mort – c'est le cas de la grippe. Dans d'autres, il est atténué, c'est-à-dire qu'il est toujours vivant, mais qu'il a perdu son pouvoir pathogène. Enfin certains peuvent aussi ne contenir que des « morceaux » de l'agent infectieux (cas du vaccin contre l'hépatite B) ou des toxines inactives du pathogène (vaccin contre le tétanos). Quelle que soit la méthode, l'arsenal des défenses s'enrichit pour lutter contre d'éventuelles infections à venir.

La réplique des microbes

Malheureusement, les microbes poursuivent le même objectif que tous les êtres vivants, celui de la survie. Ils ont à leur service de nombreuses parades pour contourner les défenses du système immunitaire. Voilà encore un effet de cette satanée course aux armements. Les hôtes évoluent ? Les pathogènes aussi ! Et *vice versa.* Chez les pathogènes, cette adaptation se fait logiquement sur leur point faible, leurs antigènes, c'est-à-dire leur signature chimique, les molécules qui trahissent leur présence dans l'hôte. Tout bon microbe vivant et qui souhaite le rester sait ce qu'il risque s'il réinfecte un hôte qui a déjà été infecté par l'un de ses ancêtres. Ses antigènes seront reconnus et il subira un déluge d'anticorps qui le détruira ou au moins le neutralisera. La meilleure solution pour échapper à l'artillerie lourde du système immunitaire est donc de changer ses antigènes. Le système immunitaire devra tout reprendre depuis le début pour mettre au point de nouveaux anticorps efficaces contre cette nouvelle forme du pathogène. Cela peut prendre du temps, un temps précieux durant lequel l'agent infectieux se multiplie, déborde les défenses de l'organisme et contamine d'autres individus.

De nombreux parasites sont devenus des spécialistes de la variation antigénique pour contourner les défenses de l'immunité acquise. Ils utilisent généralement deux tactiques différentes. La première consiste à accumuler des petites mutations génétiques, des modifications qui d'année en année transforment suffisamment les antigènes de telle sorte qu'ils ne sont plus reconnus par les anticorps d'un hôte déjà contaminé dans le passé. La seconde réside en un changement radical des antigènes. D'une génération à l'autre, le pathogène n'est absolument pas reconnu par les défenses de l'hôte. L'un des as de la variation antigénique est le célébrissime virus de la grippe. Il utilise les deux tactiques pour se transformer. Pour neutraliser ce genre de virus, il faut des anticorps dirigés contre deux types d'antigènes, en l'occurrence deux protéines : l'hémagglutinine (dite H) et la neuraminidase (dite N). De ces deux antigènes découlent les noms populaires que l'on donne à ces virus, par exemple H5N1, composé de l'antigène H de type 5 et de l'antigène N de type 1. Il existe quinze antigènes de type H et neuf de type N. Chez l'homme, ce sont essentiellement des virus de type H1, H2, H3 et N1, N2 qui circulent. Les anticorps doivent agir soit contre l'antigène H ou N soit contre les deux à la fois.

Quand il y a dérive antigénique, l'accumulation de mutations génétiques modifie les protéines, dont éventuellement les antigènes H ou N. Le taux de mutation est environ mille fois plus important dans les virus de la grippe que dans les cellules normales de mammifères. Le pathogène subit alors de nombreuses retouches génétiques qui, après un certain temps, font que les antigènes ne sont plus reconnaissables par les anticorps produits auparavant chez l'hôte. C'est en raison de ce phénomène qu'il est nécessaire de concevoir tous les ans de nouveaux vaccins contre la grippe saisonnière. On ne peut jamais être immunisé bien longtemps contre ce virus.

La situation se complique sensiblement quand le virus change brutalement d'antigène. Dans ce cas ce n'est plus du tout le même virus légèrement retouché, mais une nouvelle terreur contre laquelle l'homme est totalement impuissant. Cette transformation funeste se déroule bien souvent sous nos yeux – du moins sous les yeux des hommes qui vivent à la campagne – chez le cochon. L'inoffensif porcin a la fâcheuse habitude de se transformer en club de rencontre pour virus en tout genre. Il peut en effet héberger les virus de la grippe de sa propre espèce mais aussi ceux de l'homme et des oiseaux. Si par malchance une de ses cellules est infectée par deux virus différents, les échanges de gènes vont bon train, faisant naître de nouveaux mutants radicalement différents des générations précédentes et potentiellement assassins. Par exemple, si un cochon héberge un virus de grippe aviaire et un virus de grippe humaine, les deux agents vont s'échanger des bouts de gènes pour donner un nouveau virus hybride. Cette nouvelle chimère sera très dangereuse si elle présente des antigènes de type aviaire, donc inconnus du système immunitaire humain, tout en restant adaptée à l'homme. Ces hybrides sont responsables des plus grandes pandémies de grippe qui dans le passé ont fait des millions de morts. Petit rappel : au cours des cent dernières années, l'humanité a dû affronter quatre pandémies majeures. Entre 1918 et 1919, alors que la Grande Guerre vient tout juste de se terminer, la grippe espagnole se déclare. Elle aurait tué 30 millions de personnes, c'est-à-dire plus que toute la guerre, mais en seulement un an. L'agent responsable était le virus H1N1. Il a touché un cinquième de la population mondiale avec un taux de mortalité de 2,5 % (contre 0,1 % habituellement).

En 1957 survient une nouvelle pandémie dite de grippe asiatique, due au variant H2N2. En moins d'un an elle contamine plus d'un milliard de personnes mais avec un taux de mortalité heureusement relativement faible par rapport à la grippe espagnole et ce grâce aux antibiotiques, inconnus en 1918. L'antibiothérapie a permis de lutter contre les infections secondaires et donc de limiter les dégâts. Cette grippe asiatique fera tout de même 4 millions de morts.

En 1968, ce serait un porc infecté par un virus de grippe humaine et un virus de grippe aviaire qui serait à l'origine de l'apparition du virus H3N2 responsable de la grippe de Hong-Kong et de ses 2 millions de morts. Depuis, les grippes saisonnières que nous affrontons chaque hiver sont le fait de virus descendant de ce H3N2 de Hong-Kong et contre lequel nos vaccins restent efficaces.

Enfin, en 1977 le virus H1N1 de la pandémie de 1957 est réapparu simultanément en Russie et en Chine. Pour de nombreux experts, ce retour inattendu d'un variant considéré comme éteint ne peut être naturel. Le virus aurait été libéré volontairement durant la guerre froide !

Depuis 1997 et la fameuse crise épidémique du poulet de Hong-Kong, un virus occupe tous les esprits. Il s'agit du très médiatique et tant redouté H5N1, le nouveau variant de la grippe aviaire. Il terrorise les masses pour plusieurs raisons : il est très souvent mortel et il peut se transmettre directement de l'oiseau à l'homme, à Hong-Kong et dans de nombreuses régions d'Asie où il y a une forte concentration de volatiles infectés et de population humaine. Plusieurs épidémies de grippe aviaire au H5N1 se sont produites depuis 1997, faisant un peu moins de 200 morts. Il n'a jusqu'à ce jour pas provoqué la grande pandémie si souvent envisagée. La raison est simple, H5N1 est un virus strictement aviaire, donc mal adapté à l'homme. Il se transmet difficilement de l'oiseau à l'homme et ne se transmet pas d'homme à homme. Pour autant, la menace ne doit pas être écartée si facilement. Il suffirait qu'un individu héberge simultanément dans une de ses cellules un virus classique de la grippe humaine et H5N1, puis que les deux microbes aient la mauvaise idée de s'échanger leurs gènes pour produire un hybride mi-aviaire, mi-humain. L'humanité serait alors confrontée à un sérieux problème.

Une longueur d'avance

Dans les années 1920, le Dr Eugène Jamot voulait « réveiller l'Afrique » ! Ce n'était pas une boutade de colon, mais une volonté bien réelle du médecin français de guérir les « sommeilleux », ces centaines de milliers d'Africains qui souffraient de la maladie du sommeil. Mais aujourd'hui encore, le *Trypanosome*, le parasite responsable de cette affection mortelle, fait toujours autant de ravages sur le continent africain : 60 millions de personnes sont exposées, 400 000 sont infectées et pour la plupart condamnées car ne bénéficiant d'aucune prise en charge médicale adaptée. La transmission se fait par la mouche tsé-tsé. L'insecte pique l'homme et injecte à cette occasion l'une des deux espèces de *Trypanosomes* qui menacent l'homme : *Trypanosoma brucei gambiense* ou *Trypanosoma brucei rhodesiense*. Le parasite se multiplie rapidement sous la peau et dans le sang, provoquant une sorte de furoncle douloureux au point de piqûre. Ce n'est qu'un début. S'ensuivra un premier stade symptomatique avec des épisodes fiévreux, des maux de tête, des douleurs articulaires et des démangeaisons. Durant cette phase, la maladie peut se traiter sans grande difficulté avec de la pentamidine ou de la suramine. Mais si rien n'est fait, la maladie devient très grave car le parasite envahit le cerveau. Deux molécules sont alors utilisées en thérapie mais avec des succès divers : le mélarsoprol, un dérivé d'arsenic ayant des effets secondaires potentiellement mortels et l'eflornithine, difficile à mettre en œuvre et qui n'est efficace que contre *Trypanosoma brucei gambiense*.

Lutter contre ce parasite n'est pas une sinécure, car son comportement est étrange. Dès les premières observations de la médecine tropicale, les « trypanosomologistes » se sont aperçus que sa concentration, c'est-à-dire la quantité de trypanosomes par millilitre de sang, suivait une courbe en dents de scie. En fait, le parasite ne cesse de se transformer. Chaque pic représente une population d'individus strictement identiques entre eux. Ce sont de véritables clones. Cette population de clones A s'accroît puis disparaît pour céder la place à une nouvelle population de clones B, laquelle finira aussi par s'effacer devant les clones C etc. Ces clones diffèrent pourtant au regard de leurs antigènes. Cela permet au *Trypanosome* de toujours conserver une longueur d'avance sur le système immunitaire. Le temps que celui-ci s'adapte en produisant des anticorps dirigés contre les antigènes de A qu'il a identifiés, le parasite arbore déjà des antigènes de type B contre lesquels il n'existe encore aucun anticorps. La nouvelle forme du parasite prolifère librement pendant que l'ancienne version, ayant maille à partir avec les défenses de l'hôte, s'effondre. D'où les variations en dents de scie.

Les *Trypanosome*s doivent leur versatilité à un système remarquablement élaboré. Ils ont à leur surface un unique antigène susceptible d'être identifié par le système immunitaire. Cet antigène est une glycoprotéine de surface – combinaison d'un sucre et d'une protéine – appelée VSG – *Variant Surface Glycoprotein*, soit glycoprotéine de surface variante. Chaque *Trypanosome* est recouvert d'un million de ces glycoprotéines. Dans un pic, toute la population A ne présente qu'un seul type d'antigènes VSG. Mais ces VSG sont produites par des centaines de fragments de gènes combinés entre eux. Par ce jeu de combinaisons, le *Trypanosome* peut produire des millions de VSG différentes contre lesquelles le système immunitaire aura bien du mal à s'adapter. En raison de cette hypervariabilité, il semble impossible de concevoir un vaccin efficace contre la maladie du sommeil. Dans cette course aux armements, il est donc important de frapper fort et le plus tôt possible, dès le début de la maladie, sinon, c'est presque toujours le parasite qui remporte la victoire.

L'armée des treize clones

« Tokyo, Singapour, Kuala Lumpur, Bangkok, sur toutes les grandes places de marché asiatiques, le cours du caoutchouc naturel a flambé en quelques heures passant de 2 000 à 8 000 dollars la tonne. Les analystes sont formels, l'Asie du Sud-Est va connaître la plus grande crise financière de son histoire… »

Cause de ce séisme spéculatif et imaginaire, un champignon : *Microcyclus ulei*, parasite de l'hévéa. Cet ascomycète microscopique, responsable de la « maladie sud-américaine des feuilles », ravage depuis des décennies les plantations du fameux arbre à caoutchouc en Amérique du Sud et plus particulièrement au Brésil, berceau de l'arbre et de son pathogène. Jusqu'à présent, l'Asie, qui produit environ 95 % du caoutchouc naturel de la planète, a été épargnée par le fléau. Mais il ne fait aucun doute qu'il finira par l'atteindre. La globalisation voire le bioterrorisme économique pourraient d'ici peu se charger de semer les redoutables spores de ce phytopathogène.

C'est déjà un miracle que le champignon n'ait pas quitté son Amazonie originelle. En 1876, l'aventurier anglais Henry Wickham dérobe dans la jungle brésilienne 70 000 graines d'hévéa. Les semences sont rapportées et mises à germer à Londres, puis transplantées dans les colonies asiatiques du royaume britannique. Étrangement, le champignon ne fait pas partie du voyage. Depuis cette époque, les hévéas qui poussent en Thaïlande, Indonésie, Malaisie ou encore en Inde n'ont donc jamais été en contact avec le *Microcyclus*. Conséquence : ils sont extrêmement sensibles à la maladie.

Au Brésil, dans ses serres expérimentales, le fabricant de pneus Michelin, gros consommateur de caoutchouc naturel, teste les effets du champignon sur des variétés asiatiques d'hévéa. Le résultat est radical : les premiers symptômes apparaissent en seulement quelques jours. Les jeunes feuilles présentent des taches, puis elles deviennent râpeuses, sèchent et finissent par tomber. Dans la nature, cette forte virulence serait en plus associée à une dispersion très efficace par le vent. Si le champignon arrivait en Asie, les planteurs auraient très peu de temps pour réagir. Et quelles réactions ? Les traitements antifongiques devront être appliqués par avion ou hélicoptère pour atteindre le haut des arbres qui est parfois à 30 mètres du sol. Une réponse coûteuse et pas toujours possible selon la topographie. Autre intervention plus radicale : l'abattage pur et simple des plantations contaminées. Mais traitements antifongiques et abattages seraient des efforts vains, car le microbe une fois installé ne pourra plus être éradiqué. L'Asie devra comme l'Amérique du Sud apprendre à vivre avec. Une cohabitation forcée qui ne peut se faire que par le développement de variétés d'hévéa résistantes à la maladie. Cette solution viendra probablement du Brésil, *via* Montpellier où depuis trois ans treize variétés d'hévéas sélectionnées dans les plantations Michelin de Bahia pour leur résistance au *Microcyclus* sont conservées dans les serres expérimentales du Cirad (Centre de coopération internationale en recherche agronomique pour le développement). Ces plants sont en quarantaine pour s'assurer qu'ils ne sont pas contaminés. Les agronomes du Cirad sont en pourparlers avec plusieurs ministères de l'Agriculture en Asie pour les transférer sur place. L'objectif serait de vérifier qu'ils sont bien adaptés aux conditions locales et bien sûr prévenir une éventuelle invasion du champignon.

Ces hévéas en attente dans le sud de la France sont en fait des clones de treize variétés sélectionnées à partir de neuf cents variétés plantées à Bahia non pas par Michelin, mais par Firestone, l'ancien propriétaire de la plantation. « Ces treize plants sont ceux qui présentent à la fois la meilleure résistance au parasite et la meilleure production de latex », précise Dominique Garcia, généticien au Cirad installé au Brésil. Ils ont été obtenus en croisant des variétés brésiliennes réputées résistantes au champignon à des variétés asiatiques très performantes pour la production de latex. Après cette opération, les meilleurs individus ont été encore sélectionnés, puis greffés sur des porte-greffes. Ce sont donc des clones, des copies génétiques parfaites des treize meilleurs individus sélectionnés après les croisements entre variétés résistantes et variétés productrices. Des hévéas qui ont fait leurs preuves à Bahia et dans d'autres régions du Brésil où la pression du parasite est parmi les plus fortes au monde.

Pourtant cette petite armée de clones bodybuildés ne suffit pas. Il y a toujours un risque de contournement de la résistance. Le champignon semble pourvu d'une grande diversité de virulences. Des plants d'une variété, dont le nom de code est FX2784, qui semblait très résistante, ont été testés en pleins champs. Cette résistance n'a pas tenu trois ans. Vraisemblablement, FX2784 ne disposait que d'un seul gène de résistance pour s'opposer au *Microcyclus*. Or dans cette relation hôte-parasite, les deux protagonistes se livrent encore à une course aux armements sur fond de guerre des gènes. Démonstration : une variété d'hévéa est pourvue de gènes qui lui permettent de résister aux attaques du pathogène. Qu'à cela ne tienne. Si la grande majorité des champignons qui se frottent à cet arbre insoumis périclitent, un petit nombre dispose de gènes pour survivre. Logiquement, cette souche rare du parasite va devenir majoritaire. La résistance de l'arbre devient vite obsolète s'il n'a pas de nouvelles armes – des gènes – à opposer à son agresseur.

L'espoir des chercheurs du Cirad et de Michelin est bien entendu de mettre au point des variétés dont la résistance sera durable. Leur stratégie consiste à accroître la diversité des résistances dans une même plante pour qu'elle puisse affronter la diversité des virulences du champignon. Les chercheurs réalisent donc des croisements entre variétés résistantes pour cumuler ces résistances dans de nouvelles variétés. Problème : ces maquisards sont de piètres producteurs de latex. Il faut donc encore les croiser avec les superproducteurs venus d'Asie. Une fois encore, à partir de ces croisements, les meilleurs individus seront sélectionnés. Ils constitueront le point de départ d'une nouvelle variété de clones obtenus par greffage. Des milliers de croisements de ce genre ont déjà été faits. Chaque année de nouveaux clones sont sélectionnés pour être évalués en extérieur avant d'être définitivement conservés pour enrichir la collection des treize clones en quarantaine à Montpellier. Ce processus demande environ vingt ans. Mais il est depuis quelques années « boosté » par les progrès de la génétique. « Nous faisons une cartographie de la résistance sur l'ADN des hévéas. C'est-à-dire que nous cherchons des régions de l'ADN dans lesquelles se trouvent probablement un ou plusieurs gènes de résistance. Cela nous permet d'identifier rapidement les variétés qui nous intéressent », explique Vincent Le Guen, généticien au Cirad de Montpellier. Une approche « génomique fonctionnelle » est parallèlement menée par Dominique Garcia au Brésil. Il s'agit dans un premier temps d'identifier les gènes de résistance, puis de comprendre leurs fonctions dans la plante. Avec ces informations, les généticiens peuvent envisager des croisements de précision. « Mais là nous travaillons sur le long terme. Si nous comprenons le fonctionnement des gènes liés à la résistance nous pourrons tenter d'optimiser les croisements pour préparer des variétés durablement résistantes, mais qui seront peut-être plantées d'ici quarante ou cinquante ans. Cela peut paraître lointain, mais en 2050 la demande en caoutchouc n'aura pas faibli », assure Dominique Garcia.

D'ici là l'indispensable diversité génétique des résistances n'aura fait que s'accroître grâce à la mise au point de nouveaux clones. Plus la diversité sera grande, plus l'hévéaculture pourra faire face aux multiples virulences du *Microcyclus*. Reste à savoir si les treize clones résistants en transit à Montpellier obtiendront les autorisations nécessaires pour conquérir l'Asie. Et surtout s'ils seront prêts à temps pour parer à une invasion plus que probable du champignon. Plus de trente millions de familles dépendent directement de l'hévéaculture et une simple rumeur déstabiliserait sévèrement l'économie de la région. Rappelons que dans les années 1980, l'annonce de l'arrivée du sida en Asie avait instantanément fait doubler le prix du caoutchouc naturel, composant essentiel des préservatifs.

L'arme biotechnologique

Ostrinia nubilalis est un petit papillon nocturne, très discret, voire un peu terne. Avec ses ailes fragiles, sa petite tête pointue, ses pattes maigrelettes et sa démarche maladroite, un simple souffle pourrait l'anéantir. Petite chose de la nature… qui pourtant sème la terreur dans les campagnes. Les agriculteurs le connaissent mieux sous son nom de guerre, la pyrale du maïs. Un Attila boulimique qui en quelques semaines ravage tout un champ de céréales et en demande encore. Avec les paysans, la guerre est déclarée depuis belle lurette, mais l'insecte ne démord pas de ses prétentions féodales. Chaque année il prélève sa part de culture. Selon les régions, il passe même plusieurs fois par an. C'est en hiver qu'il faut s'en méfier. L'animal n'est encore qu'une larve insignifiante et léthargique réfugiée dans la terre ou dans les restes de tiges de maïs de la précédente récolte. Au printemps, quand la durée du jour et la température augmentent raisonnablement pour remettre le nez dehors, la larve se réveille et se transforme en chrysalide. Quelques semaines encore et la chrysalide devient papillon. C'est bientôt l'été et ces jeunes insectes n'ont alors plus qu'une seule idée en tête : le sexe. Les femelles n'étant pas farouches, elles encouragent les mâles en émettant leurs phéromones aphrodisiaques. Aucun mâle normalement constitué ne résiste à ces avances. Quoi qu'ils fassent, ils abandonnent tout pour rejoindre à tire-d'aile un lieu de rencontre. Sous la lune, les couples s'unissent puis se séparent, chacun retournant à ses occupations. Quelques jours plus tard, la femelle pond une vingtaine d'œufs sous la feuille d'un plan de maïs. Après une rapide incubation (moins de dix jours) les chenilles sortent des œufs. Ce sont elles les véritables Attila. Elles sont affamées et ont sous les pattes plus de nourriture qu'il n'en faut pour les satisfaire. Elles se promènent sur les feuilles et les croquent *ad libitum*. Puis elles se dirigent vers les tiges et remontent jusqu'à l'épi en creusant d'importantes galeries. Pour l'agriculteur c'est la catastrophe. Le parasite affaiblit considérablement la plante, provoquant une baisse sensible du rendement. D'autres opportunistes, tels que des champignons, viennent eux aussi profiter du gîte et du couvert et aggravent la situation. Et les tiges sont tellement rongées de l'intérieur qu'elles finissent par se casser sous le vent.

La guerre entre l'agriculteur et l'insecte commence par des frappes préventives. L'homme a tout intérêt à détruire les restes de la récolte précédente et à les enterrer afin que la pyrale ne trouve pas de refuge pour passer l'hiver. Si elle est toujours présente au printemps, il faut être plus offensif. Méthode douce, la lutte biologique ou comment détruire le parasite en l'aspergeant de ses propres parasites et notamment la bactérie *Bacillus thuringiensis* ou encore le champignon *Beauveria bassiana*. Méthode forte, les insecticides habituels. Et enfin la méthode sophistiquée, des maïs transgéniques, dont le fameux maïs Bt. La plante a été génétiquement modifiée pour produire des toxines mortelles pour la pyrale. Ces toxines sont naturellement produites par la bactérie *Bacillus thuringiensis*, parasite de l'insecte. Les scientifiques ont donc transféré dans la plante les gènes de la bactérie qui sont responsables de la synthèse des toxines. La plante, lorsqu'elle est cultivée, produit de grosses concentrations de toxine Bt dans ses feuilles qui du coup deviennent mortelles pour les pyrales.

Au-delà des questions politiques et idéologiques qui entourent l'utilisation des OGM, la culture du maïs Bt nécessite des précautions particulières. Course aux armements oblige, la pyrale pourrait très bien s'adapter à cette nouvelle arme en développant des résistances à la plante génétiquement modifiée, comme elle le ferait vis-à-vis d'un insecticide classique. Le fait que le produit soit pulvérisé ou directement intégré dans le végétal ne change rien au problème. Il est donc essentiel de mettre en place une stratégie quasi militaire, dite « haute dose/zone refuge ». « Haute dose » implique la production d'une toxine à forte concentration par la plante pour s'assurer qu'elle sera ponctuellement très efficace. La « zone refuge », c'est-à-dire une zone sans toxine, sert à ce que la dernière arme technologique humaine ne soit pas débordée par l'inventivité adaptative du ravageur. Cette stratégie part du principe qu'il faut impérativement éviter qu'une lignée de pyrales, qui grâce à une mutation génétique serait résistante à l'insecticide, puisse devenir majoritaire dans une population traitée. L'objectif est donc de toujours maintenir dans cette population un maximum d'insectes sensibles. La grande expérience de l'homme en matière de traitements insecticides, notamment contre les moustiques en Camargue ou en Afrique, a montré que si l'on traite sans discernement une même zone, avec le même produit et de façon régulière, le produit devenait systématiquement inefficace après quelques années d'utilisation. Ce qui se passe est, comme nous l'avons déjà vu, très simple.

Imaginons que l'on traite toute une région contre les moustiques. Le produit, s'il est appliqué convenablement et en quantité, tue la quasi-totalité de la population. Mais une part, *a priori* insignifiante, est encore bien vivante. Certains ont eu la chance d'échapper au poison, d'autres y ont été tout simplement insensibles. Cette seconde catégorie de moustiques est donc résistante. Elle doit sa survie à une heureuse mutation génétique qui, par le plus grand des hasards, lui permet de ne pas succomber à l'insecticide. Jusqu'à présent, ces pauvres diptères mutants étaient ultraminoritaires dans leur population. Probablement parce que leur fameuse mutation représentait un désavantage pour la vie dans un quotidien marécageux normal. Mais maintenant que leurs mares et autres étangs sont traités avec un produit contre lequel ils sont les seuls à résister, leur handicap dans la course à la survie est sérieusement gommé. Au royaume des sensibles, ils sont les rois. Cette minorité mutante se reproduit plus facilement et transmet son gène de résistance à sa descendance. Lors d'un nouveau traitement, la part des sensibles va encore diminuer, alors que les résistants continueront paisiblement à prospérer. Ce processus se poursuivra tant que le traitement avec le même produit sera appliqué. Si bien qu'après un certain temps, les sensibles finissent par céder la place aux résistants. Dans ce cas, plus la peine de traiter, les moustiques seront toujours aussi nombreux. Il faut alors mettre au point une nouvelle molécule mortelle à laquelle les résistants ne pourront pas s'opposer. Mais à coup sûr de nouveaux mutants résistants finiront par émerger.

Pour éviter de courir comme une Alice au pays des insecticides, l'équipe de Michel Raymond, au CNRS de Montpellier, a montré qu'il fallait maintenir des zones refuges, c'est-à-dire des sites qui ne sont pas traités. Dans ces sanctuaires, les populations de moustiques ne disposant pas du gène de résistance pourraient continuer à se reproduire entre eux, mais aussi avec les moustiques résistants des zones alentour soumises au traitement. Les zones refuges permettent donc de maintenir un réservoir de moustiques sensibles à l'insecticide, mais qui en temps normal, lorsqu'il n'y a pas de traitement, ont une meilleure chance de survie que les résistants. Ces insectes ont pour mission de diluer la résistance, d'empêcher que le gène mutant devienne majoritaire dans la population.

C'est exactement cette stratégie que les agronomes recommandent pour la culture du maïs Bt. « Autour des champs OGM, il faut ménager des parcelles de maïs traditionnel. Il faut surtout que ces deux types de champs soient suffisamment proches pour qu'il puisse y avoir des reproductions croisées entre les pyrales du maïs Bt et celles du maïs non OGM », précise Denis Bourguet, généticien à l'Inra de Montpellier. Les recommandations faites aux agriculteurs qui cultivent cet OGM sont d'allouer 80 % de la surface au maïs Bt et 20 % à un maïs classique. En revanche, cette répartition ne doit pas se faire en mélangeant plants OGM et non OGM dans un même champ. Les chenilles sensibles pouvant se déplacer d'un pied de maïs à un autre, elles risqueraient de tomber sur un maïs OGM toxique pour elles. Cela contribuerait à faire disparaître une part des pyrales sensibles et donc à favoriser les résistantes.

7

La guerre des sexes

Dans le monde des parasités, le sexe est une notion toute relative. Un jour mâle, le lendemain femelle. Si la barrière des genres est si ténue, c'est parce que les parasites ont des préférences sexuelles et des besoins très précis pour leur développement et leur transmission. Ils peuvent ainsi trouver plus intéressant de se développer dans une femelle. Alors quand ces parasites s'invitent chez un mâle, plutôt que de changer d'hôte, ils le « reconfigurent » en femelle ou éventuellement le castrent.

Sexes à gogo

Coccinelle, bête à bon Dieu ? À d'autres ! Forcément, avec son teint rougeaud et son allure bonhomme, l'insecte s'attire toutes les sympathies. Mais dans l'intimité de la nature, il sait être le plus cruel des tueurs, un cannibale vorace qui ne s'encombre pas de morale chrétienne. Les entomologistes ont observé la scène maintes fois. Au printemps, les larves de coccinelles à deux points, *Adalia bipunctata*, à peine écloses, se ruent ventre – vide – à terre pour ingurgiter le reste de la portée. Un carnage dans lequel les liens du sang n'ont pas de valeur. Pis, la horde cannibale n'est composée que de femelles et les victimes, encore dans l'œuf, sont tous des mâles. Les sœurettes gueuletonnent donc sur le compte de leurs propres frères ! Mais que le bon Dieu ait pitié de ses Amazones ! Elles ne sont pas responsables de leurs actes tant elles sont sous influence. Possédées ! Enfin, parasitées.

Ici, Belzébuth s'appelle *Wolbachia*, une bactérie qui ne peut vivre qu'à l'intérieur des cellules de son hôte. C'est à elle qu'il faut imputer la perte des mâles coccinelles. C'est elle qui tue le sexe dit « fort » pour en faire profiter son pendant dit « faible ». Et ses raisons sont claires : les mâles de coccinelles sont des culs-de-sac, des montures sans avenir. Car la *Wolbachia* ne se transmet que de la mère à ses petits. Dans cette transmission, les mâles ne servent donc à rien. Ils encombrent, puisque à la naissance les jeunes femelles sont en compétition avec eux pour accéder à leur nourriture favorite, les pucerons. Alors autant s'en débarrasser et ce d'autant plus que, pour les *Wolbachia*, les mâles sont beaucoup plus utiles morts que vivants. Morts, tués dans l'œuf par la bactérie, ils ne sont donc plus des compétiteurs pour les femelles. À elles tous les pucerons. Morts, ils sont aussi, et surtout, autant de mets de choix immédiatement disponibles. Les femelles n'ont plus à traquer le puceron pour pallier rapidement les premiers cris du ventre. Elles n'ont qu'à se servir sur leurs frères à portée de mandibules.

Après l'éclosion, les larves, si elles veulent survivre, n'ont en effet qu'un court délai (de 24 à 48 heures) pour trouver à manger. Le banquet offert par les frérots trucidés est donc une véritable ration de survie. Les femelles gagnent ainsi un ou deux jours supplémentaires pour dénicher leurs premières vraies proies. Conséquence quelque peu inhabituelle dans le monde des parasites, les larves parasitées ont une meilleure chance de survie que celles qui ne le sont pas. Logique dans ce cas précis, car ce qui profite à la coccinelle profite à son parasite. Plus il y aura de femelles parasitées, plus il y aura de descendants parasités et donc de nouvelles femelles hébergeant d'autres bactéries, qui favoriseront encore d'autres coccinelles femelles, elles-mêmes parasitées… et ainsi de suite. Bien évidemment ce système ne peut fonctionner que s'il reste assez de mâles survivants, des miraculés du sexe qui peuvent encore féconder les femelles parasitées. Les *Wolbachia* n'occupent donc pas 100 % des individus chez les populations où elles se sont introduites.

Enfin, le plus remarquable dans la relation *Wolbachia*/coccinelle est le fait que les bactéries qui se trouvent piégées dans un mâle semblent se sacrifier pour la survie de leurs congénères qui ont eu la chance de parasiter une coccinelle femelle. Car en tuant cet hôte inutile pour l'espèce, elles trépassent aussi.

Les coccinelles ne sont pas les seules cibles de ce que les Anglo-Saxons appellent le *male killing*. Chez *Acræa encedon*, le féminisme des *Wolbachia* frappe aussi très durement. Dans les populations naturelles de ce papillon africain, les mâles sont rares. Et pour cause. La quasi-totalité est infectée et meurt avant l'éclosion. Ce qui signifie que pratiquement tous les mâles encore vivants sont les descendants de mères qui n'étaient pas elles-mêmes contaminées. Pourtant, au sein de cette espèce, 90 % des femelles sont porteuses de la bactérie ! Ce déséquilibre entre mâles et femelles est si important qu'il pose un problème essentiel pour satisfaire les ardeurs sexuelles des dames. Où sont les hommes ? Pour parer à cette pénurie de partenaires, les femelles se sont organisées en vastes clubs de rencontres. Regroupées en un même endroit, plusieurs centaines de demoiselles réceptives attendant que les rares mâles des environs viennent faire leur marché. Or, normalement, quand les femelles ne sont pas parasitées, ce sont les mâles qui organisent ces *speed dating* et les femelles qui viennent faire leur choix, sélectionnant les meilleurs reproducteurs. L'impact des *Wolbachia* sur ces populations de papillons est donc considérable. Non seulement elles déciment les mâles, mais elles obligent également les femelles à changer de comportement et vont jusqu'à les pousser aux mœurs les plus légères !

La malédiction du cloporte

Les *Wolbachia* pratiquent bien d'autres supercheries sexuelles. Chez le malheureux cloporte de nos jardins (*Armadillidium vulgare*), lui aussi victime de la bactérie, les mâles sont épargnés. Certes. Mais c'est qu'ils sont travestis ! Ils changent de sexe. Là encore, la raison est simple. Les mâles ne peuvent toujours pas transmettre le parasite. En revanche, un mâle transformé en femelle, « lui », le peut. Cette reconversion sexuelle se fait durant le développement embryonnaire. Les vrais mâles deviennent de vraies fausses femelles : ils sont génétiquement mâles, mais biologiquement femelles. Expliquons-nous. Chez les cloportes comme chez l'homme, le sexe est déterminé génétiquement par les chromosomes sexuels. Petite nuance toutefois, les mâles sont ZZ et les femelles ZW, c'est-à-dire l'inverse de ce qui se passe pour l'espèce humaine où les hommes portent les chromosomes XY et les femelles la paire XX. Mais revenons à nos cloportes. Si des individus mâles, donc ZZ, sont infestés par des *Wolbachia*, ils vont se muer en femelles apparentes, capables de se reproduire comme des femelles. Mais au fond de leurs gènes, ces « femelles » restent des mâles avec leurs chromosomes ZZ. Conséquence : une population de cloportes infestés présente trois types d'individus : les vrais mâles (ZZ), les vraies femelles (ZW) et les vraies fausses femelles, c'est-à-dire des mâles travestis (ZZ).

Pendant des décennies, les errances sexuelles du cloporte ont intrigué les scientifiques du laboratoire de génétique et biologie des populations de crustacés à Poitiers. Ancien chercheur du laboratoire de Poitiers, Thierry Rigaud, aujourd'hui directeur de recherche au CNRS de Dijon, a démontré en laboratoire que les responsables de cette manipulation étaient bien les *Wolbachia*. En éliminant la bactérie des mâles travestis (donc ZZ), la descendance ne donne que des mâles. Ce qui est logique, car un mâle travesti va, avec ses chromosomes sexuels de mâle ZZ, se reproduire avec un vrai mâle, lui aussi ZZ. Chacun donnant l'un de ses chromosomes à sa descendance, les petits ne recevront que des chromosomes Z. Ils seront donc tous ZZ. De beaux garçons, comme leurs parents ! Comme ils ne sont pas infestés, ils resteront des mâles.

Effet pervers de cette manipulation des sexes, les vraies femelles ont tendance à disparaître, passant sous le joug des ambigus. Dans certaines populations parasitées par les *Wolbachia*, elles ont même complètement disparu. Là encore l'explication est simple, comme le montre ce schéma.

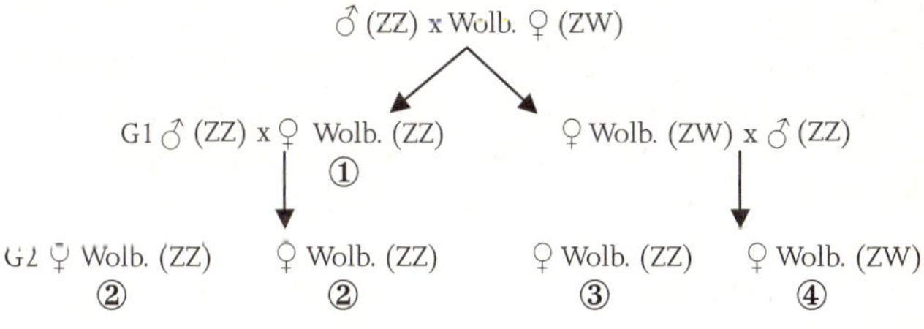

Bilan au bout de deux générations : 3 ♀ Wolb. (ZZ) et 1 ♀ Wolb. (ZW).
Légende : ♀ Wolb. (ZZ) = mâle infesté devenu ♀
♀ Wolb. (ZW) = ♀ infestée

Imaginons une vraie femelle (ZW) infectée qui s'accouple avec un vrai mâle (ZZ). Supposons, pour simplifier, que cette union donne naissance à une première génération composée de deux petits, un mâle ZZ et une femelle ZW. Le mâle ZZ est aussitôt transformé en femelle ZZ[1]. Cette première génération est donc constituée à 100 % de femelles, mais l'une est une sorte de transsexuel, la femelle ZZ, l'autre restant une femelle authentique ZW. Le travesti ZZ va à son tour se reproduire avec un autre mâle ZZ ayant, lui, conservé toute son intégrité – sinon, ce serait une femelle. Ce couple gay, qui peut tout de même se reproduire, va donner deux rejetons de la deuxième génération qui ne pourront être que des mâles ZZ, puisque leurs parents sont tous deux ZZ. Les deux mâles ZZ de cette deuxième génération sont à leur tour transformés en femelles[2] puisque leur « mère » était porteuse de la bactérie. De son côté, l'autre femelle de la première génération, une vraie femelle ZW, elle-même parasitée, s'accouple avec un mâle ZZ. Ce couple hétérosexuel donne naissance à deux petits, un mâle ZZ qui n'échappera pas à la vie de travesti[3] et une vraie femelle ZW[4]. Résultat : après de nombreuses générations, les vraies femelles finissent naturellement par disparaître pour laisser la place à leurs avatars.

Comme chez la coccinelle, la prévalence des *Wolbachia* chez les cloportes, c'est-à-dire le taux d'infestation, est très variable. Certaines populations sont parasitées à seulement 5 % alors que d'autres le sont à 90 %. Ces variations importantes suggèrent que les cloportes peuvent disposer de gènes qui leur permettent de contrecarrer les manipulations de la bactérie. De tels gènes sont essentiels car ils limitent la transmission des *Wolbachia* et donc leurs velléités à envahir les populations. Heureusement pour l'hôte, mais aussi pour le parasite. Si les *Wolbachia* étaient trop efficaces, leur action conduirait peu à peu à la disparition des vraies femelles ZW et surtout des mâles ZZ non parasités sans lesquels la reproduction est impossible. Sans reproduction, pas de cloportes et sans cloportes, plus de *Wolbachia*.

Outre des gènes de résistance, un autre phénomène pourrait expliquer le fait que les mâles ne disparaissent pas aussi facilement qu'on pourrait le craindre. Les scientifiques ont observé que les « travestis » avaient beaucoup moins de succès que les vraies femelles. En d'autres termes, les vrais mâles préfèrent s'accoupler avec de vraies femelles. Tout se passe comme s'ils avaient la capacité de détecter si les femelles qu'ils courtisent ont bien le chromosome W, critère indiscutable de féminité. Le chromosome W pourrait, par exemple, porter des gènes responsables de la fabrication de substances typiques des femelles, émises au niveau de la cuticule et qui mettraient en émoi tout bon vrai mâle. Les fausses femelles, ne disposant pas de ces composés aphrodisiaques, seraient du coup moins attirantes. Et ce n'est pas tout. Les mâles ont des manières grossières mais efficaces pour faire la cour aux femelles : ils se jettent sur elles et leur tapotent le dos. Si la femelle est prête à céder aux assauts de l'entreprenant cloporte, elle s'ouvre et se laisse aller aux plaisirs de l'amour. À l'inverse, si elle ne veut pas de l'intrépide, elle se met en boule, indiquant sans ambiguïté son refus de consommer. Or, les fausses femelles se mettraient plus facilement en boule, refusant ainsi de se soumettre. Moins attirantes et quelque peu saintes-nitouches, elles sont donc plus souvent condamnées à jouer les vieilles filles ! Ainsi, elles se reproduiraient moins que les vraies femelles, réduisant d'autant l'ascension des mâles féminisés et ménageant du même coup une place pour les vrais mâles et les vraies femelles.

Pour un monde sans mâles

Féminisme radical, le monde parfait selon les *Wolbachia* est un monde sans mâles. Mieux encore, un monde sans sexe. Chez certains insectes, comme les trichogrammes, cousins des abeilles et des guêpes, la bactérie interdit les rapports sexuels. Parthénogenèse pour tout le monde ! C'est-à-dire que la reproduction ne nécessite pas l'union de deux insectes. Chaque femelle de la population produit sa propre descendance sans avoir jamais connu les plaisirs de l'amour physique. Cette parthénogenèse induite par les *Wolbachia* est dite « thélytoque » car elle ne donne que des femelles. Logique, puisque la bactérie ne peut être transmise que par les femelles. Dans une population d'insectes infestés par les *Wolbachia*, les mâles ont cédé la place à des nuées de femelles clonées. Le parasite parvient à produire ces copies biologiques de son hôte en manipulant son développement embryonnaire.

Petite parenthèse sur les chromosomes et le sexe des insectes. Normalement, chez les insectes comme chez les hommes, tout individu détient dans le noyau de toutes ses cellules deux exemplaires de chacun de ses chromosomes. Une moitié provient des spermatozoïdes du père, l'autre de l'ovule de la mère. Chez l'homme par exemple, il y a 46 chromosomes, soit 23 paires comportant chacune un exemplaire de la mère et un du père. Ces paires comptent notamment les fameux duos de chromosomes XX pour les femmes et XY pour les hommes. Mais pour certaines espèces d'insectes qui pratiquent la parthénogenèse, tout se complique. Le nombre d'exemplaires d'un chromosome peut varier. Ce nombre est même responsable de la détermination du sexe. Par exemple, si l'animal est pourvu d'une copie de chacun de ses chromosomes – il a donc 2 fois *n* chromosomes –, c'est une femelle. S'il n'a qu'un exemplaire de chaque – donc *n* chromosomes –, c'est un mâle. Ou inversement. On parle alors d'espèces haplo-diploïdes. Haploïde signifiant ici que l'un des genres (le mâle ou la femelle) de cette espèce n'a qu'un exemplaire de ses chromosomes (*n*), alors que l'autre, diploïde, en possède deux (2*n*). Quand les *Wolbachia* s'en mêlent, les manipulations reprennent donc. Ces insectes haplo-diploïdes vont être amenés à ne produire que des femelles pour le compte de la bactérie. En temps normal, quand un ovule n'est pas fécondé, il ne donne rien. En revanche, si l'insecte fait de la parthénogénèse, cet ovule non fécondé se divise en de nouvelles cellules pour former l'embryon. Problème : si l'œuf se divise ainsi, il ne donnera que des embryons ne disposant que d'un seul exemplaire de leurs chromosomes, donc des mâles. Ce qui n'arrange pas les affaires des *Wolbachia* qui, elles, ont besoin de femelles à 2*n* chromosomes (une copie de chacun) pour satisfaire leurs ambitions expansionnistes. Qu'à cela ne tienne. Elles vont empêcher la première division de l'œuf en deux nouvelles cellules pour n'en faire qu'une mais contenant les chromosomes en double. L'œuf qui était haploïde devient finalement diploïde avant de poursuivre normalement ses divisions. Il donnera alors une femelle qui pourra à nouveau transmettre la bactérie à sa descendance.

Amours impossibles

La vie sexuelle des mouches n'a rien de passionnant. Sauf quand, une fois encore, les *Wolbachia* viennent semer la zizanie. Chez les drosophiles, les fameuses mouches du vinaigre, la bactérie décide de l'accord des couples, n'hésitant pas à saboter les unions qui ne lui conviennent pas. Ces couples honnis sont ceux qui incluent une femelle non infestée. L'accouplement d'un mâle infesté avec une femelle non infestée ne donnera pas la moindre descendance. La bactérie dans le spermatozoïde produit une toxine qui va tuer le zygote, c'est-à-dire la cellule issue de la fécondation entre le spermatozoïde et l'ovule. Ce qui aurait pu donner un embryon meurt donc à peine conçu. En revanche, toutes les autres configurations de couple sont acceptées : mâle non infesté et femelle infestée, mâle et femelle non infestés et surtout mâle infesté et femelle infestée.

Cette dernière combinaison devrait pourtant être infertile car les *Wolbachia* présentent dans le spermatozoïde sécrètent toujours un poison susceptible de tuer le zygote. Mais il n'en est rien, car les *Wolbachia* de la femelle libèrent une contre-mesure, une antitoxine qui sauve l'embryon de l'empoisonnement. Ce système est remarquable car il favorise encore une fois les femelles de mouches parasitées en limitant la reproduction des femelles non parasitées. Ces femelles sans bactéries ne peuvent avoir une descendance qu'avec des mâles eux aussi exempts du parasite. Dès qu'elle est présente dans une population, les *Wolbachia* parviennent à contrôler la reproduction de leurs hôtes *via* la libération d'une toxine dans les spermatozoïdes, que seule une femelle elle-même infestée peut neutraliser. Le spermatozoïde infecté est donc incompatible avec un ovule sain.

Les choses se compliquent quand les hôtes sont susceptibles d'être infestés par plusieurs souches de *Wolbachia*. L'antitoxine n'est efficace que contre la toxine provenant d'une bactérie de la même souche. Par exemple, si le mâle est infesté par la souche A de *Wolbachia* alors que la femelle de ses rêves est infestée par la souche B, leur union sera stérile. Le zygote sera « zigouillé ». La bactérie de type B chez la femelle ne sait produire un antidote que contre le poison de type B chez le mâle.

Les cauchemars de Freud

Chez la sacculine, crustacé parasite typique des côtes de la Grande Bleue, la femelle pratique une tyrannie sexuelle à même de faire cauchemarder tous les disciples de Freud. Cette zélote de la misandrie castre et féminise ses hôtes. Elle va même jusqu'à réduire à l'état de simples « machines à semence » les mâles de sa propre espèce. Pourtant, encore petite larve qui s'agite dans les eaux claires de la Méditerranée, elle a l'air si vulnérable. Duperie ! Dotée d'un « nez » précis, elle traque les effluves de sa future victime, le mâle du crabe vert. Dès qu'elle est sur la bonne piste, elle la suit jusqu'à venir au contact de l'animal, s'accrochant à lui par le premier poil qui lui tombe sous la patte. Elle va alors se métamorphoser en une chose étrange, que les scientifiques appellent larve kentrogone et qui n'est autre qu'une sorte de sac rempli d'un amas de cellules encore indifférenciées et armé d'un dard menaçant. La larve parasite s'empresse d'ailleurs de planter ce dard dans l'abdomen du crabe pour y injecter son amas de cellules. C'est en réalité un Alien qui vient d'entrer et prendra bientôt le contrôle du crabe. L'amas informe se développe, se ramifie, se répand. Il a maintenant l'allure d'un réseau de racines qui pompe toutes les ressources du crabe, endommage son système nerveux et détruit ses gonades. Castré, stérilisé, le crabe sera d'ici peu féminisé. Car le parasite détruit aussi les glandes androgènes qui chez les crustacés déterminent la nature du sexe. Pour être un mâle, un vrai, il faut avoir ces glandes. Sans ces précieux accessoires de masculinité, le crabe se pare d'un abdomen élargi, de rondeurs toutes féminines. Sa virilité en prend encore un coup quand de vrais mâles, encore entiers, viennent lui faire une cour prononcée, le confondant avec une authentique princesse à marier. Lui, qui quelques jours plus tôt était encore un crabe, avec des grosses pinces, de belles gonades et des glandes androgènes à faire pâlir le plus teigneux des homards, est désormais réduit au service d'un parasite capricieux qui s'amuse à transformer les crabes virils en danseuses, pour en faire des « *hot sweet* hôte ».

La sacculine est donc parvenue à façonner son hôte pour le mettre entièrement à son service. Lorsque son développement interne est terminé, elle émerge au niveau de l'abdomen pour former un petit sac, l'externa, qui est entièrement destiné à la reproduction.

La sacculine est désormais une femelle vierge prête à recevoir un mâle. À recevoir au sens propre, car, à la différence de ce qui se fait généralement dans la nature, le mâle en question ne va pas venir chevaucher sa femelle. Et pour cause, il est quasi microscopique. La femelle affirme une fois encore sa domination sur le genre masculin. Sur son sac externe, elle réserve au mâle encore à l'état de larve un petit orifice par lequel il devra injecter un amas cellulaire recouvert de cils. Et s'il parvient à pénétrer dans cette chambre d'amour, il n'est pas encore au bout de ses peines. Il doit nager jusqu'à l'un des deux réceptacles testiculaires, dans lequel il s'installera pour féconder sa femelle dont il n'est finalement qu'une sorte de testicule rapporté. Et cela, dans le meilleur des cas. S'il n'est pas le seul à avoir franchi le cloaque ouvert sur le saint des saints, il devra faire la course avec ses concurrents. Généralement, la compétition est rude. Plusieurs mâles entrent dans la chambre nuptiale, alors qu'il n'y a que deux places. Ceux qui auront échoué dans cette course effrénée à l'amour vache périront. Quant aux vainqueurs, ils devront encore concourir l'un contre l'autre toute leur vie pour gagner le privilège ultime de fertiliser les œufs de leur monstrueuse femelle. Le destin d'une vie : n'être que le testicule, une machine à semence qui durant toute son existence n'aura d'autre mission que de fertiliser les œufs d'une femelle tyrannique. Dans cette dictature, la seule contribution féminine pour l'harmonie du couple consiste à héberger et nourrir les deux mâles : le gîte et le couvert donc. Un faible investissement pour un bénéfice maximal. La course entre mâles sélectionne les plus vigoureux et la polygamie féminine (deux mâles pour une femelle) permet de disposer d'un mâle de secours au cas où l'un des deux viendrait à mourir.

La vie sexuelle de la femelle sacculine n'est alors qu'une formalité. Il ne lui reste plus grand-chose à faire pour assurer sa descendance. Son externa est située au niveau de l'abdomen du crabe. Or, chez les crabes femelles, c'est à ce niveau de l'abdomen que se trouvent les pléopodes, des petits appendices articulés qui servent à porter et à protéger les pontes. Les femelles ont aussi l'habitude d'agiter ces sortes de pattes pour oxygéner les œufs. Chez les crabes mâles, la sacculine a modifié l'abdomen pour qu'il soit plus large et donc plus confortable pour accueillir son externa, que l'hôte – qui rappelons-le est un mâle stérile féminisé – va prendre pour sa propre ponte. Et comme ses pléopodes se seront eux aussi anormalement développés, il les agitera comme une femelle, pour aérer les œufs de son parasite ! Dans la grande famille des parasites, la sacculine veut donc le beurre, l'argent du beurre et certains des attributs sexuels de la crémière.

La vie sexuelle des moules

Et le crabe vert n'est pas la seule victime oubliée de la tyrannie sexuelle des parasites. Qui se soucie des problèmes de couple de la moule ? Qui se demande, une fois le mollusque entre les dents, si c'est un mâle ou une femelle ? Qui encore pourrait imaginer que cette fameuse moule a été castrée ? Ces questions n'intéressent que les mytiliculteurs et les scientifiques courageux, qui ne craignent pas de s'attaquer à ce sujet si délicat, la vie sexuelle des moules !

Petit détour sur nos côtes atlantiques, paradis de la moule de bouchot. Dans des eaux turbides, agitées par les vagues de l'océan, les moules font l'amour… comme des moules, stoïques. Les femelles larguent des millions d'ovules vierges. Sans sérénade ni cour superflue, les mâles profitent de la promiscuité pour larguer des nuées blanchâtres de sperme. De cet amour à la plage naîtront des milliards de larves libres, en pleine eau, qui devront rapidement trouver un support pour perpétuer le mode de vie fixé de l'espèce. Une grande partie de ce naissain disparaîtra, perdue en mer ou avalée par des poissons amateurs de plancton. D'autres larves plus chanceuses se poseront sur un beau rocher ou sur la coque d'un bateau dans un port. Mais bon nombre trouvera aussi à s'agripper sur les cordes posées à leur intention par les mytiliculteurs. Après quelques mois, ces cordes chargées de moules en début de croissance seront enroulées autour des bouchots sur lesquels elles se développeront pendant plusieurs mois jusqu'à la récolte. Ainsi va la vie de la moule de bouchot.

Mais ce petit monde d'apparence si tranquille est sans cesse troublé par un événement mystérieux. Les moules ne font plus l'amour. Et du coup, c'est toute la chaîne qui se brise. Sans reproduction, pas de larves. Et sans larves, pas de naissain collecté sur les cordes, et donc plus de moules. En résumé, pas de sexe, pas de moules de bouchot.

Le problème n'est pas affaire de libido perdue par les effets d'une sexualité rendue monotone par le stoïcisme du mollusque. Si les moules ne se reproduisent plus c'est parce que, physiquement, elles ne le peuvent plus. Elles ont été castrées par *Prosorhynchus squamatus*. Ce ver parasite aplati et microscopique est une plaie pour les éleveurs. Il leur coûte cher. À cause de lui, ils doivent se fournir en naissains à l'étranger pour assurer le renouvellement de leurs bouchots d'une année sur l'autre. En plus, une moule castrée est une moule moins appétissante. Sans sperme et sans ovules, elle perd tout son attrait. L'amateur averti apprécie les moules dont le manteau, c'est-à-dire cette couche un peu flasque qui enveloppe tout l'animal, est bien charnu et coloré (orange pour les femelles et jaune-beige pour les mâles). Or c'est justement parce que la semence est stockée dans le manteau qu'elles sont si charnues et si colorées. Plus on s'approche de la période de reproduction, plus il y a de spermatozoïdes ou d'ovules, et donc plus la moule est appétissante ! Après l'attaque du *Prosorhynchus* castrateur, le manteau devient translucide et se réduit à une peau de chagrin. Il ne reste alors plus grand-chose à manger.

Si pour la moule la rencontre avec le parasite est une catastrophe biologique, du point de vue du parasite elle n'est qu'une étape dans une vie bien chargée en rencontres diverses. Comme pratiquement tous les autres vers plats, *Prosorhynchus squamatus* a un cycle comportant trois hôtes. Il commence à l'état de larve par infester un bivalve (la moule). Puis il passe dans un autre petit animal marin – un mollusque, un crustacé voire un petit poisson – où il s'enkyste en attendant de passer dans son hôte définitif. Cette dernière victime est un poisson, qui se contamine en mangeant l'hôte précédent et ses parasites enkystés. Le ver s'installe alors confortablement dans le tube digestif. Il est devenu un adulte et va donc pouvoir se reproduire. Ses œufs sont évacués dans l'eau avec les excréments du poisson. En mer, chaque œuf éclôt et laisse échapper une minuscule larve ciliée, capable de nager, qui se mêle au plancton. Le cycle est bientôt bouclé. Si la larve du ver se trouve à proximité d'une moule, elle a une chance d'être aspirée par le bivalve avec le plancton qu'il filtre pour se nourrir. Une moule peut filtrer quatre litres d'eau par heure. Elle retient le plancton qui est ensuite digéré. La larve du ver, en revanche, ne l'est pas. Elle se débrouille pour passer à travers la paroi du tube digestif. Elle va ensuite se loger dans les tissus de la glande digestive.

La séance de castration peut enfin commencer. Mais avant, pour bien comprendre tout l'art parasitaire du *Prosorhynchus,* il est nécessaire de rappeler ce qu'est la vie d'une moule normale, non parasitée. Nous sommes à la fin de l'été, voire au début de l'automne. La reproduction est terminée. Notre moule a relargué des millions de gamètes (ovules ou spermatozoïdes), son manteau est maintenant tout fin. Commence alors une période importante de stockage. La moule doit constituer de substantielles réserves pour préparer la prochaine période de reproduction. Pendant l'hiver, elle va produire ces réserves sous forme de glycogène stocké dans des cellules spécifiques – cellules à glycogène – du manteau. Pour faire une analogie, le glycogène est en quelque sorte notre graisse. Au retour du printemps, le glycogène longuement accumulé pendant l'hiver va être utilisé, découpé, pour produire de l'énergie, un peu comme un carburant, et des molécules de base pour fabriquer d'autres molécules, comme des protéines. Ce processus profite essentiellement aux gonades dans lesquelles les cellules goniales, celles qui à terme deviendront des ovules ou des spermatozoïdes, se multiplient ardemment. Au fur et à mesure que les cellules à glycogène diminuent en taille – elles déstockent leur glycogène –, les cellules goniales se multiplient, grossissent et finissent par remplir le manteau.

Voilà ce qui se passe dans le meilleur des mondes, c'est-à-dire sans le parasite. Mais comme ce monde n'existe pas, les choses sont quelque peu différentes. Quand le *Prosorhynchus* est entré dans la moule, il y reste pendant plusieurs mois sous forme de larve microscopique indétectable. Il laisse son hôte accumuler ses réserves sans le déranger. Mais à la fin de l'hiver, lorsque le manteau est bourré de cellules à glycogène bien dodues, quand la moule se prépare donc à entamer son cycle de reproduction, le parasite entre en action. Il mobilise les réserves de glycogène qui auraient dû servir à la multiplication des cellules goniales et donc à la production de gamètes. Et dans le même temps, il empêche la multiplication des cellules goniales. Le parasite peut donc détourner toutes ces réserves à son propre profit, sans partager avec les cellules goniales. Conséquence : les gonades ne se développent pas. Elles laissent dans le manteau la place au parasite qui, lui, ne cesse de s'étendre et ce d'une drôle de manière. Une sorte de réseau aux branches multiples part de la larve d'origine et s'organise en un incroyable entrelacs anarchique. Ce maillage donne l'impression qu'une sorte de filet s'est noué dans le manteau. Chaque branche de ce réseau est en fait un tube creux où se développent à nouveau des milliers de larves. La moule parasitée va donc émettre des larves du parasite quand elle aurait dû libérer autant de gamètes indispensables à la survie de son espèce.

8

Guerre et paix

Jusqu'à présent nous n'avons parlé que de situations conflictuelles entre êtres vivants forcés de cohabiter. À l'opposé de cet état de guerre permanent, des associations entre espèces différentes peuvent se révéler beaucoup plus paisibles, voire bénéfiques. L'exemple le plus connu est celui de notre flore intestinale, qui trouve dans notre tube digestif un refuge confortable tout en nous aidant à assimiler certains de nos aliments. Chaque partenaire trouve donc un intérêt dans cette association. On parle alors de mutualisme. Mais entre le parasitisme le plus strict, dans lequel l'hôte n'a aucun intérêt à être parasité, et le contrat gagnant-gagnant du mutualisme, toutes les associations intermédiaires sont possibles.

Les racines du bien

Dans sa monumentale compilation encyclopédique *Histoire naturelle*, Pline l'Ancien (23-79) révélait l'origine mystérieuse du plus précieux des champignons : « Quant aux truffes, on en rapporte ces particularités : quand il y a eu des pluies en automne et de fréquents tonnerres, alors elles naissent, et les tonnerres surtout contribuent à leur production… » L'antique auteur romain avait le sens des contemplations magiques et poétiques que l'on réserve aux phénomènes étranges. Une poésie qui manque à cette autre théorie longtemps entendue dans les campagnes : « La truffe est une sorte de galle qui doit son existence à une piqûre pratiquée par une mouche sur les racines de certaines espèces d'arbres. » Cette histoire de la mouche « truffigène » fut, elle, savamment démontée comme baliverne par l'entomologiste Jean-Henri Fabre, dans son étude consacrée à la reproduction du fameux champignon. Mais le grand naturaliste aveyronnais du XIXe siècle n'en soutenait pas pour autant la génération spontanée du « vieux » Pline.

La vérité sur la truffe est bien loin des tonnerres et des mouches piqueuses. Comme presque tous les champignons, elle est *a priori* un être vivant bien imparfait, car incapable de subvenir, seule, à ses propres besoins élémentaires. Elle semble proche des plantes, mais est dépourvue de chlorophylle et par conséquent inapte à la photosynthèse, première fonction vitale du monde végétal. Impossible donc pour ce champignon d'utiliser l'énergie solaire pour fabriquer sa propre matière organique à partir de l'eau et des éléments nutritifs puisés dans le sol. Le précieux mets des gastronomes est complètement dépendant d'un autre être vivant, en l'occurrence un arbre tel que le chêne ou encore le noisetier, qui se charge de le nourrir en le livrant directement en produits issus de la photosynthèse. En échange, le champignon aide l'arbre à capter dans le sol tout un tas d'éléments minéraux indispensables à sa croissance (azote, soufre, etc.). Cette union bienveillante entre les racines de l'arbre et le champignon est d'une grande banalité. En effet, 80 % des espèces de plantes terrestres ont un système racinaire associé à des champignons symbiotiques. Et la plupart des champignons que nous connaissons ont recours à cette symbiose à bénéfices réciproques – certains champignons sont toutefois saprophytes, c'est-à-dire qu'ils se nourrissent de matière organique morte, en décomposition, et d'autres sont des parasites qui vivent notamment aux dépens des arbres qu'ils colonisent. En résumé, deux êtres vivants s'associent pour en former un seul, appelé mycorhize. Désormais, un plus un font un !

Le mycorhize se forme à partir de l'hyphe du champignon, c'est-à-dire sa partie principale, l'élément végétatif arrangé en un réseau dense de filaments (le mycélium) qui parcourent le sol – le pied et le chapeau que l'on consomme n'étant que la partie émergée et éphémère de cet organisme aux mœurs souterraines. En fonction du type de mycorhize, ecto- ou endomycorhize, l'hyphe s'associe au système racinaire de la plante de deux façons différentes. S'il s'agit d'un ectomycorhyze, les filaments viennent s'agripper à la racine et l'enveloppent complètement à la manière d'un manchon. Des ramifications s'immiscent ensuite entre les cellules corticales – « l'écorce » de la racine – et forment un important réseau. C'est à ce niveau que se font les échanges entre la plante et le champignon. Vers l'extérieur, d'autres ramifications explorent le sol avec pour objectif de capter l'eau et les éléments minéraux indispensables à l'hôte. Dans le cas des endomycorhizes, l'hyphe n'enveloppe pas les racines. En revanche, il envoie ses filaments directement s'enfoncer dans la membrane des cellules corticales de la racine sans toutefois les percer, provoquant juste l'apparition de petites invaginations qui, en augmentant les surfaces de contact, facilitent les échanges entre les deux organismes. L'hyphe se déploie de cellule en cellule en suivant les membranes.

L'influence des champignons sur la croissance du monde végétal est immense. Certaines plantes poussent très mal voire ne poussent pas sans leur symbionte. Dans les régions tropicales, de très nombreux programmes de reforestation avec des pins ont ainsi échoué alors que toutes les conditions écologiques et climatiques semblaient réunies. Mais les graines avaient été enfouies sans le mycorhize. Les transplantations n'ont réussi qu'à partir du moment où la semence fut importée avec un peu de sa terre d'origine, contenant l'indispensable symbionte.

Avec ou sans mycorhize, les différences de croissance des plantes sont spectaculaires. Mais la performance ne réside pas seulement dans les apports du champignon en éléments minéraux. L'hyphe, lorsqu'il enveloppe la racine, la protège aussi mécaniquement contre des agresseurs vivant dans le sol. Certains champignons jouent même les gardes rapprochés. Ils libèrent des antibiotiques qui font le ménage autour des racines et donc empêchent les méfaits de certains microbes pathogènes. Le symbionte est un être exclusif qui n'aime pas partager son partenaire ! D'ailleurs, les associations peuvent se révéler très spécifiques. Par exemple, le mélèze ne s'accorde qu'avec quatre bolets, lesquels sont incapables de s'associer avec une autre essence.

Restons sous terre. À côté d'un arbre « mycorhizé » se trouve sans doute une légumineuse – un lupin, une luzerne, un soja, un pois ou peut-être un haricot – dont les racines sont constellées de nodules. Et dans ces nodules, une symbiose ! Les plantes légumineuses ont conclu un accord de partenariat avec des rhizobiums, des bactéries du sol du genre *Rhizobia*. La plante a besoin pour son développement de cet azote qui abonde à plus de 80 % dans l'air. Mais elle n'est pas fichue d'en fixer la moindre molécule. Ce que la bactérie, en revanche, sait très bien faire. L'arrangement consiste donc à ce que la plante héberge dans ses nodules racinaires les bactéries chargées de fixer pour son compte tout l'azote nécessaire. En échange, les bactéries se voient offrir le gîte et le couvert ou, en d'autres termes, un micro-habitat particulièrement favorable, riche en molécules énergétiques fournies par la plante. L'association est initiée par la plante. Elle émet dans la terre des molécules qui attirent le rhizobium. Le contact s'établit et la bactérie commence par infester les poils racinaires. Un système de communication se met alors en place entre les deux organismes, entraînant tout un tas de modifications dont la formation des fameux nodules. Dans ces nodules, les bactéries se différencient en bactéroïdes qui peuvent alors fixer l'azote de l'air et le transformer en ammonium assimilable par cette dernière. La symbiose est active et fonctionne plutôt bien. À l'échelle de la planète cette association produirait chaque année autant d'azote que toute l'industrie des engrais de synthèse, soit environ 100 millions de tonnes.

L'importance agronomique d'une telle symbiose a bien sûr donné des idées aux scientifiques. Des brevets ont par exemple été déposés pour améliorer le système en modifiant les gènes des bactéries afin d'accroître leur capacité de fixation de l'azote tout en produisant une toxine destinée à éliminer les bactéries compétitrices et éventuellement pathogènes, désireuses de s'incruster dans les racines. D'autres généticiens ont détourné complètement le système de sa fonction initiale. Plutôt que de fixer l'azote, des bactéries trafiquées captent les métaux lourds du sol pour les faire stocker par la plante. Une façon de « soigner » par les plantes les sols pollués.

Mille milliards de microbes… et moi, et moi, et moi

En biologie, l'espèce tend à devenir une notion bien relative. Prenons l'exemple de l'homme. Certes, il s'agit d'une espèce bipède du nom de *sapiens*, du genre *Homo*, de la famille des hominidés, ordre des primates. Cette espèce est divisée en populations entre lesquelles les échanges de gènes augmentent par le fait de la reproduction, conjuguée à la mondialisation. Et ces populations sont constituées d'individus génétiquement différents les uns des autres, puisque, c'est bien connu, nous sommes tous uniques – exception faite des vrais jumeaux, triplés, etc. Voilà. Un homme c'est ça ! Enfin pense-t-on. Car un homme c'est aussi tout ça, plus mille milliards de micro-organismes indispensables appartenant à plus de cinq cents espèces différentes, logées dans son seul intestin. Cette collection d'intrus, appelée « microbiote » par les scientifiques et flore intestinale par le reste de l'humanité, peut représenter jusqu'à 1,5 kg de notre propre poids total. Donc, 1,5 kg de la matière que nos jambes soutiennent tous les jours ne nous appartient pas. Et l'on attrape le vertige en apprenant que les gènes de ce microbiote sont cent fois plus nombreux que l'ensemble de nos gènes humains. Nous, le singe nu, bête pensante et morale, autoproclamé sommet de l'évolution, ne sommes en fait composés que d'un tout petit pourcentage de gènes… véritablement humains.

Autant dire que nos vies seraient différentes sans nos symbiontes. Déjà Louis Pasteur, au XIXe siècle, suggérait que l'on ne pourrait pas vivre sans microbes. Finalement, nous sommes des êtres tout aussi imparfaits que les champignons dont nous venons de parler. Comme une truffe perdue dans une nature sans arbre, nous ne pourrions pas nous en sortir tout seuls. Nous avons besoin de cette aide à domicile dès nos premiers jours. D'ailleurs notre flore intestinale s'installe à la naissance. Elle forme un véritable écosystème relativement stable mais qui varie le long de l'intestin et en fonction de l'acidité, du taux d'oxygène, de notre âge ainsi que de notre régime alimentaire. Et ces bons microbes ne font pas que nous aider. Ils nous maintiennent en vie.

Prenons le cas d'une de ces bactéries, *Bacteroides thetaiotaomicron*, spécialiste de la récupération d'énergie à partir de certains sucres comme le galactose ou le mannose. Sans elle nous ne saurions que faire de ces deux molécules très présentes dans notre alimentation. Et pour cause, nous n'avons pas l'équipement chimique, c'est-à-dire les enzymes, qui nous permettraient de les décomposer et de les assimiler. En revanche, nous savons que ces *Bacteroides* possèdent près de 300 gènes qui codent pour des enzymes dédiées à la dégradation des sucres, dont le galactose et le mannose ! Elles ont aussi plusieurs dizaines de « capteurs environnementaux » qui leur permettent de « sentir » les différents types de sucres qui se trouvent autour d'elles. Grâce à ces capteurs, elles peuvent adapter leur régime en déclenchant l'expression des gènes des enzymes qui peuvent décomposer les sucres en présence. Cette plasticité enzymatique est remarquable car elle permet à la bactérie de s'adapter à des changements importants de son milieu. Par exemple, quand elle colonise l'intestin du nourrisson elle doit s'adapter au régime de l'allaitement, puis changer de fonctionnement au moment du sevrage, car les sucres contenus dans le lait sont différents de ceux d'un régime alimentaire normal.

Nos symbiontes ne jouent pas qu'avec les sucres de nos repas. Ils savent aussi décomposer de grosses molécules d'origine végétale et agir sur la synthèse d'hormones, d'acides gras ou de vitamines (B et K)… Et ce n'est pas tout. La flore intestinale influence aussi le développement de notre système digestif. Des expériences faites sur des souris « gnotobiotiques », c'est-à-dire dépourvues de leurs microbes naturels, montrent que lorsque l'intestin est stérile, le réseau de capillaires sanguins qui irriguent la muqueuse intestinale est sous-développé. Mais si l'on ensemence l'intestin avec *Bacteroides thetaiotaomicron*, les bactéries dont nous avons parlé plus haut, le réseau de capillaires se constitue et retrouve une structure normale en seulement dix jours. Le mécanisme n'est pas encore bien connu, mais il semble bien que ce sont les bactéries qui engendrent la formation de ces nouveaux vaisseaux sanguins. Elles émettraient en effet un signal chimique, perçu par une famille bien particulière de cellules du tube digestif, les cellules de Paneth. Le développement des vaisseaux sanguins du tube digestif, induit par les bactéries *via* les cellules de Paneth, est d'une importance capitale car cela va favoriser l'absorption des nutriments dégradés dans l'intestin. Ces nutriments, une fois dans le sang, peuvent aller nourrir les cellules du reste de l'organisme. Bizarrement, ce phénomène dit « d'angiogenèse » – développement de nouveaux vaisseaux sanguins – s'est établi entre deux entités que tout devrait opposer. En effet, les cellules de Paneth ont pour vocation essentielle de défendre l'organisme contre l'entrée de pathogènes par le tube digestif. Elles déversent en permanence quantité de produits antimicrobiens dans la lumière de l'intestin. Or les *Bacteroides* sont bien des bactéries, des microbes, qui logiquement devraient être anéantis par les armes chimiques des cellules de Paneth. Il n'en est rien, car là encore l'hôte est sous influence. Le microbe peut induire la sécrétion, par les cellules de Paneth, d'une protéine, qui est mortelle pour plusieurs espèces de bactéries, dont la redoutée *Listeria*, mais quasi sans effet pour les micro-organismes symbiotiques du tube digestif.

Puisque nous y sommes, restons encore quelque temps dans le monde du boyau pour explorer celui des termites. L'insecte est bien connu pour son goût immodéré des bonnes vieilles charpentes en pin, des planchers de chêne et autres produits dérivés du bois – papier, carton, etc. Sa voracité peut rendre insalubres les maisons et même des quartiers entiers, obligeant à reloger des familles. Dans les années 1990, la municipalité de Bourges a par exemple été contrainte d'éradiquer l'animal qui grignotait le quartier de la Butte d'Archelet et menaçait de s'emparer du centre historique. Les belles demeures à colombages de la ville de Jacques Cœur constituaient un mets de choix pour le xylophage. Pourtant, le bois ne fait pas partie des aliments les plus digestes. Il est essentiellement composé de cellulose et de lignine, deux très grosses molécules particulièrement difficiles à décomposer pour un être vivant. D'ailleurs, le termite ne sait pas faire. Il est obligé de s'adjoindre, lui aussi, les services de symbiontes. La panse rectale, partie postérieure de son intestin, est bourrée de protozoaires, des microorganismes qui comme les bactéries ne sont constitués que d'une seule cellule, mais une cellule plus complexe, avec notamment la présence d'un noyau qui englobe l'ADN – chez les bactéries, l'ADN n'est pas enfermé dans un noyau. Ces protozoaires sont des flagellés, c'est-à-dire qu'ils sont pourvus de flagelles qui assurent leur mobilité, un peu comme chez les spermatozoïdes. Ils sont si nombreux qu'ils peuvent représenter jusqu'à un tiers du poids total du termite. Ce sont ces protozoaires flagellés qui assurent la digestion du bois ingéré par le termite. Du moins en partie, car les flagellés eux-mêmes sont obligés de s'associer à d'autres symbiontes, cette fois des bactéries, qui participent à la digestion. Ces bactéries s'installent soit à la surface du flagellé, soit carrément à l'intérieur. En résumé, la digestion du bois chez les termites est le résultat d'un ménage à trois entre le termite, ses protozoaires symbiotiques et les bactéries symbiotiques du protozoaire. Dernier détail : outre leur effet dévastateur sur les habitations humaines, les termites contribuent, à leur manière, au réchauffement climatique global. Lors de la digestion, certains de leurs symbiontes, des bactéries méthanogènes, peuvent produire d'importantes quantités de méthane, un gaz à effet de serre qui comme le dioxyde de carbone favorise le réchauffement climatique. Étant donné la taille d'un termite, ses flatulences méthanisées pourraient sembler dérisoires à l'échelle de la planète. En effet, chaque termite ne relarguerait dans l'atmosphère qu'un demi-millième de gramme de méthane par jour. Seulement, en multipliant ce chiffre insignifiant par le nombre de termites dégazant quotidiennement à la surface de la planète, on parvient à une production de 20 millions de tonnes de méthane par an. Ce ne sont là que des estimations qu'il faut considérer avec prudence. Mais d'autres études sur des espèces de termites tropicaux avancent des chiffres comparables voire inflationnistes, soit 27 millions de tonnes de méthane produit. Ou comment les pets de termites modifient le climat de la planète !

Chasse, nature et traditions

Adulte, le fourmilion a l'apparence d'une libellule inoffensive, au vol lent et incertain. Mais à l'état de larve, l'animal a l'allure et les mœurs d'une terreur. Son corps trapu est prolongé d'une tête étroite d'où partent deux longues et puissantes mandibules recourbées en forme de crochet et hérissées de petits poignards acérés. Son passe-temps favori, la chasse. Dès qu'il trouve un sol sableux qui lui convient, il plante son abdomen et se met à marcher à reculons en décrivant des cercles concentriques. Petit à petit se forme un piège en forme d'entonnoir au fond duquel la larve s'installe pour y attendre la venue de ses proies favorites, les fourmis. Quand l'une d'elles se présente au bord du trou, elle est facilement déstabilisée par la pente et le sol meuble. Si elle parvient à échapper au piège, le fourmilion l'aide à perdre l'équilibre en lui projetant des grains de sable qui finiront par lui faire dévaler la pente. Lorsque la proie est tombée au fond du trou, la larve lui saute dessus, la saisit avec ses puissantes pinces et lui injecte des toxines pour la paralyser. Suivent des décharges d'enzymes digestives qui liquéfient littéralement la victime de l'intérieur. Il ne restera plus au jeune fourmilion qu'à aspirer le tout. Entièrement pompée, vidée de sa substance, la fourmi n'est plus qu'une coquille vide, lancée à l'extérieur de l'entonnoir. Au suivant !

Le fourmilion est certes un bon chasseur, mais il ne sait pas chasser sans son chien, ou plutôt sans ses bactéries symbiotiques. Les toxines paralysantes qu'il injecte à sa proie sont fabriquées par des bactéries installées à demeure dans ses glandes salivaires. Ces fameuses toxines sont assez inhabituelles. Il s'agit de protéines chaperonnes (ou chaperonnines), des molécules qui sont souvent impliquées dans la maturation d'autres protéines. Normalement, quand une protéine est synthétisée à partir de son gène, elle l'est sous une forme brute, mal dégrossie, inactive. Elle ne peut pas encore remplir sa fonction. Il lui faut quelques étapes de maturation et notamment un repliement sur elle-même qui va lui donner une forme en trois dimensions caractéristique.

Les chaperonnes interviennent très régulièrement dans le règne animal et chez les bactéries, entre autres, pour faciliter cette phase de repliement. Mais elles ne sont habituellement jamais toxiques. En revanche, les chaperonnes toxiques synthétisées par les bactéries du fourmilion sont un peu différentes de celles, inoffensives, que l'on trouve dans d'autres bactéries classiques comme *Escherichia coli*. Ces différences mineures sont très probablement responsables de l'effet paralysant sur les fourmis, mais sans conséquence sur les bactéries qui les produisent et chez lesquelles les protéines chaperonnes continuent d'agir comme des chaperonnes.

La guêpe pharmacienne

Chez les guêpes dites « solitaires », dont la philanthe apivore (*Philanthus triangulum*) est l'une des plus connues, l'usage des antimicrobiens est d'une grande banalité. Elles s'en servent tous les ans au printemps comme traitement antiseptique du nid. Pas besoin de prescription, ni de pharmacie. Chaque guêpe a tout ce qu'il faut sur elle. Dans les glandes sécrétrices de ses antennes, elle a domestiqué des bactéries du genre streptomyces qui produisent pour elle des antifongiques, c'est-à-dire des molécules efficaces contre le développement de champignons pathogènes. Exactement ce dont la guêpe a besoin pour protéger ses rejetons.

Au moment de la reproduction, elle creuse en effet des galeries dans des talus de sable. Puis elle construit plusieurs loges dans lesquelles elle déposera ses œufs. Des œufs sortiront des larves qui ensuite s'enfermeront dans un cocon pour neuf mois de diapause hivernale. L'attente ne pouvant se faire sans avoir bien mangé, les femelles partent chasser des abeilles sauvages ou domestiques sur les fleurs et les ruches des environs. Elles les capturent et les paralysent pour les ramener encore vivantes dans le nid. Quand le garde-manger est bien constitué – une à cinq abeilles par loge – elles referment les loges et les abandonnent. Les jeunes sont ainsi bien protégés des agressions extérieures avec de la nourriture mieux que fraîche, puisque vivante. Après l'éclosion, les larves se nourrissent et entrent en diapause dans leur cocon. Elles sont certes à l'abri, mais elles se trouvent aussi piégées dans un environnement fermé, chaud et humide dans lequel gisent les restes en décomposition des abeilles qu'elles ont goulûment dévorées. Un endroit de rêve pour le développement de moisissures, de champignons pathogènes. D'où l'intérêt des bactéries symbiotiques embarquées dans les antennes des mères. Juste avant de fermer les nids, les femelles déposent avec leurs antennes une sécrétion blanchâtre contenant les fameux symbiontes qui plus tard seront repris par les larves lors de la fabrication des cocons. L'ensemble réduit sensiblement les infections des larves par des champignons. D'ailleurs, les expériences réalisées par le biologiste allemand Martin Kaltenpoth montrent que, sans les bactéries, les jeunes philanthes ne sortent jamais de leur nid. Elles meurent !

Et les bactéries dans tout cela, quel intérêt ont-elles à se laisser balader dans les antennes d'une guêpe ? Cela n'a pas encore été formellement démontré, mais les biologistes pensent qu'elles se nourrissent des sécrétions des glandes auxquelles elles sont étroitement associées. Donnant-donnant.

À la lueur des seiches

Dans les eaux limpides du récif hawaïen, une petite seiche, *Euprymna scolopes*, a appris à vivre dans la plus grande discrétion. Elle s'enfouit dans le sable toute la journée, attendant la nuit pour sortir et chasser. Comme la plupart des céphalopodes, c'est une championne du mimétisme, capable de changer instantanément de couleur pour se fondre dans le décor. Alors de nuit, son petit corps allongé est pour ainsi dire invisible. Si les prédateurs ne la repèrent pas directement, les plus attentifs parviennent toutefois à détecter sa présence grâce à son ombre projetée sur le fond par la lueur de la lune et des étoiles. Cette infime trace qu'elle laisse systématiquement sur son passage peut donc lui être fatale. Heureusement, elle a trouvé l'inimaginable parade : effacer son ombre. La seiche s'est effectivement associée à une bactérie photoluminescente (*Vibrio fischeri*), qu'elle héberge sur son ventre, dans une sorte de poche qui forme un organe lumineux. La bactérie émet exactement ce qu'il faut de lumière pour éliminer l'ombre de son hôte.

Depuis de nombreuses années, la biologiste américaine Margaret McFall-Ngai, de l'université du Wisconsin, étudie cette étrange symbiose. Elle a réussi à décrire comment les deux organismes s'arrangeaient entre eux et en particulier comment les bactéries parvenaient à s'installer chez les jeunes seiches. Car comme leurs aînées, si elles n'ont pas d'éclairage, elles risquent de se faire repérer dès qu'elles mettent les tentacules dehors. Premier constat, les bactéries ne se transmettent pas directement des parents aux enfants à la naissance. Les jeunes seiches naissent sans feux anti-ombre. Elles doivent donc les capter dans le milieu marin. Et effectivement, à l'état libre, les *Vibrio* photoluminescentes font partie du plancton. Problème, elles représentent moins de 0,1 % des populations planctoniques, ce qui rend les chances de rencontre assez minces. Ce n'est donc pas en se promenant au hasard et au péril de leur vie que les jeunes seiches seront assurées de faire une bonne récolte. La lumière salvatrice est ailleurs, concentrée près du fond, exactement là où les « parents » ont l'habitude de s'enfouir dès le lever du jour. Au moment de s'enterrer, les adultes expulsent dans l'eau quasiment 95 % de leurs propres bactéries éclairantes. Elles contribuent donc à enrichir le milieu en microbes lumineux, car leur stock va se reconstituer par multiplication pendant la journée et ce à partir des 5 % restants. C'est donc à cet endroit que les toutes jeunes seiches doivent se trouver pour commencer leur collection. Ça tombe bien, car dans cette espèce, les jeunes ont tendance à rester au voisinage des populations d'adultes. Tout est prévu pour que la collecte se fasse dans de bonnes conditions. L'organe lumineux des jeunes seiches est relié avec l'extérieur par des petits conduits, qui se terminent par un pore. Dans les toutes premières heures qui suivent l'éclosion, les jeunes céphalopodes sécrètent un mucus particulier au bord de ces pores. Ce mucus attire les bactéries qui viennent s'y agréger comme empêtrées dans une mélasse. Ces agrégats photoluminescents pénètrent ensuite dans le conduit et colonisent l'organe lumineux. Pourtant ces conduits sont tapissés de cils qui se mettent à battre et créent un mouvement d'expulsion, c'est-à-dire un courant qui tend à renvoyer le tout vers l'extérieur, empêchant ainsi toutes impuretés et autres bactéries de venir contaminer l'organe lumineux. Mais ces *Vibrio*-là sont de bons nageurs. Ils sont équipés d'un flagelle vigoureux avec lequel ils parviennent à remonter le courant jusqu'à atteindre leur lieu de résidence. Une fois la colonisation réussie, les bactéries induisent elles-mêmes des transformations telles que l'arrêt de la sécrétion du mucus et le rétrécissement des conduits, qui visent à repousser l'intrusion d'autres microbes indésirables. Une action de nettoyage s'organise au sein même de l'organe lumineux où sont libérés par le système immunitaire des substances toxiques destinées à détruire d'éventuels pathogènes qui auraient réussi à s'introduire. Les bactéries photoluminescentes, elles, résistent très bien à cette opération de nettoyage. Elles finissent donc par être les seules à loger dans l'organe lumineux de la jeune seiche. Enfin, pour parfaire ce dispositif d'éclairage, les seiches semblent en mesure de remplacer les bactéries qui justement ne produisent pas de lumière en les expulsant tout bonnement de leur logement. Quand une ampoule est grillée, il faut la remplacer !

Vingt mille lieues sous les mers

Le 17 février 1977, le sous-marin de poche Alvin de l'Institut océanographique Woods Hole (États-Unis) plonge par 2 500 mètres de fond au-dessus de la dorsale Pacifique-Est, sur la faille des Galápagos. Ici, le plancher océanique est régénéré par les remontées de magma venant des profondeurs de la terre. Les deux géologues embarqués à bord d'Alvin sont d'ailleurs là pour observer ce phénomène censé évacuer une partie de la chaleur interne du globe. Mais la mission prend vite une tout autre tournure. Durant la plongée, les géologues se laissent guider par une traînée de larges coquilles éparpillées sur le fond, quand soudain apparaît devant eux des sortes de cheminées crachant par saccades une fumée noire intense mélangée à l'eau de mer. C'est la découverte des fameux fumeurs noirs, des évents hydrothermaux. Leur formation est liée au mouvement des plaques tectoniques qui génèrent sans cesse des fractures dans lesquelles l'eau de mer s'infiltre. Au contact du magma, cette eau s'échauffe fortement et remonte vers la surface du plancher océanique. Au passage, elle dissout les roches et se charge en éléments minéraux. Lorsque ce fluide minéral et chaud est expulsé au niveau des évents hydrothermaux, il est rapidement refroidi par l'eau de mer qui à cette profondeur se trouve à environ 2 °C. Ce refroidissement soudain provoque la précipitation des éléments minéraux qui se déposent sur le fond pour former ces édifices en forme de cheminées, ou de minivolcans. Pour l'océanographie, la découverte de ces paysages sous-marins inconnus est tout simplement extraordinaire. Mais ce n'est encore rien par rapport à ce que les deux géologues vont pouvoir observer en direct depuis Alvin. Autour des fumeurs noirs, la vie. Une profusion de moules énormes, de vers orange, d'étranges palourdes et de crustacés « albinos ». Une présence qui contredit tous les dogmes de la biologie. Le fond des océans est forcément un désert. L'obscurité est totale, la pression colossale. La photosynthèse assurée par les végétaux est donc strictement impossible. Et sans cette production de matière première, le développement de communautés animales n'est pas imaginable. De plus, ce fluide qui arrive des entrailles de la terre n'est pas franchement vitalisant. Il est acide et composé d'une soupe toxique de métaux lourds. Pourtant, les « Alvinautes » ne sont pas sous le coup de l'ivresse des profondeurs. Les bestioles qu'ils ont sous les yeux sont bien réelles et elles se portent plutôt bien.

Ce sont encore des bactéries symbiotiques qui donnent l'explication de cette vie en milieu hostile. Ce sont elles qui autorisent de nombreux organismes à s'épanouir dans un environnement qui devrait être mortel. Leur secret consiste à utiliser l'énergie d'origine chimique pour produire la matière organique exploitée par les animaux avec lesquels elles sont associées. La fonction est la même que celle assurée par la photosynthèse chez les plantes, à ceci près que les plantes tirent leur énergie de la lumière du soleil. C'est donc grâce à ce genre de microbes que le *Riftia*, un ver géant des sources hydrothermales océaniques, peut se développer. Il vit cloîtré dans un long tube qu'il sécrète lui-même et qui atteint jusqu'à deux mètres. À l'extrémité de ce tube le ver se déploie pour former un superbe panache branchial rouge vif qui intervient dans les échanges respiratoires. Question alimentation, il n'a ni bouche, ni anus, ni tube digestif. En revanche, son tronc possède un trophosome, un organe comportant les cellules qui renferment les bactéries symbiotiques. Le *Riftia* récupère dans son environnement, *via* son panache branchial, les molécules nutritives qui vont servir de base à la formation de sa matière organique – CO_2, oxygène, sulfure d'hydrogène, etc. Ces molécules sont acheminées jusqu'aux bactéries symbiotiques par le système sanguin du ver. Pour les microbes, elles représentent la nourriture de base à partir de laquelle ils vont pouvoir se développer et fournir les nutriments assimilables par le ver. La bactérie et le ver trouvent donc chacun leur compte dans cette association.

Sur les fumeurs noirs, au plus près des évents, vit une autre espèce étrange, le ver de Pompéi (*Alvinella pompejana*), baptisé ainsi par les deux géologues auxquels il rappelait la cité italienne recouverte par les cendres du Vésuve. Comme le *Riftia*, il sécrète un tube, mais qui ne mesure qu'une dizaine de centimètres. Lui aussi, pour se fournir en matière nutritive, a conclu un contrat de partenariat avec des bactéries symbiotiques, installées non pas dans son corps mais sur son dos où elles forment d'étonnants filaments blanchâtres très réguliers. Des associations comparables ont été nouées chez de grands mollusques comme les bivalves du genre *Calyptogena* et le gastéropode *Alviniconcha hessleri*. Au sein de ces écosystèmes profonds, ces animaux jouent d'une certaine manière le rôle essentiel de producteurs primaires assuré habituellement par les plantes. Ils servent donc de nourriture de base pour nombre de crustacés et autres poissons qui appartiennent à ces peuplements devenus indépendants de la lumière du soleil.

L'amour d'une fleur et d'un papillon

La phalène – un papillon – vit avec le yucca une relation sexuelle très exclusive. L'insecte est le seul à pouvoir polliniser la plante verte qui elle-même se charge d'héberger les œufs de l'insecte. Au printemps, la phalène femelle commence par récolter des sortes de boulettes de pollen qu'elle rapporte sur la fleur femelle. Le papillon s'occupe d'abord de pondre ses œufs dans l'ovaire de la fleur. Puis il force l'entrée du stigma, c'est-à-dire la partie terminale du pistil, pour y introduire les boules de pollen ramassées plus tôt. Sans cette introduction active, le yucca ne pourrait pas se reproduire. À la fin du printemps, les œufs laissés par les insectes dans les ovaires des fleurs éclosent. La ou les larves tout justes nées – il peut y en avoir deux par fleur – vont pouvoir se nourrir sur place grâce aux ovules fécondés de la fleur, qui sont en d'autres termes des graines en cours de maturation. Les jeunes insectes profiteront de la situation jusqu'à la fin de l'automne, sans toutefois menacer la descendance de la plante qui dispose de suffisamment de graines en réserve. Avant l'hiver, les graines et leurs colocataires, les larves de phalène, sont libérées par la plante. Tout ce petit monde tombe au sol. Les larves s'empressent de s'enterrer et forment un cocon dans lequel elles passeront tout l'hiver avant de se transformer en adultes qui ne sortiront qu'au printemps.

La phalène s'est tellement spécialisée dans son association avec le yucca qu'elle a développé des appendices buccaux qui lui servent à assurer la reproduction de la fleur, c'est-à-dire à transporter les boules de pollen et à les insérer dans le stigma. Mais cela signifie aussi que cette relation si étroite représente une grande menace pour le yucca. Si la phalène venait à disparaître, la plante s'éteindrait aussi !

Ménage à cinq

Pourquoi faire simple quand on peut faire compliqué ? Chez les attines, c'est presque une devise. Ces fourmis, dont il existe plus de deux cent dix espèces, ont la particularité de cultiver des champignons pour leur consommation personnelle. Mais cette culture peut se révéler assez compliquée. Certaines espèces, les plus évoluées, partent en forêt chercher des feuilles qu'elles découpent et rapportent sur leur dos jusqu'à la fourmilière. Une seule colonie peut comporter plusieurs millions d'individus et consommer autant de matière végétale qu'une vache adulte. Mais ces feuilles ne sont pas mangées par les insectes qui seraient d'ailleurs bien incapables de les digérer. Les fourmis se contentent de les mastiquer pour les transformer en un substrat assimilable par les champignons grâce à leurs enzymes digestives. En échange, les fourmis mangent les champignons. D'autres espèces cultivent leurs champignons sur des substrats variés : litières de feuille, herbes, excréments d'autres insectes et même insectes morts. Voilà pour la partie simple de ce contrat d'assistance mutuelle.

Les choses se compliquent sérieusement quand un troisième protagoniste fait son entrée pour semer le trouble dans le ménage. Il s'agit d'un autre champignon, parasite du champignon cultivé. Ce pathogène est capable d'anéantir la champignonnière, condamnant les laborieux insectes à une mort certaine. Mais les fourmis n'abandonnent pas si facilement leurs cultures aux ravageurs. En bonnes agricultrices, elles traitent à coup d'antifongique. Ce pesticide se présente sous la forme d'une sorte d'efflorescence blanchâtre qui recouvre la cuticule des insectes. Récemment, en étudiant deux espèces particulières d'attines, l'entomologiste Cameron Curie, de l'université du Wisconsin à Madison (États-Unis), a découvert que ces antibiotiques n'étaient pas produits par la fourmi, mais par un quatrième protagoniste, une bactérie symbiotique. Ces bactéries sont hébergées dans des sortes de cryptes situées sur l'exosquelette de l'insecte, sa carapace. Les deux espèces de fourmis examinées par Cameron Curie ne sont pas des exceptions, car toutes les fourmis champignonnistes qui ont été étudiées jusqu'à présent ont sur le corps ce duvet blanchâtre bactérien. Résumons : la fourmi vit en symbiose avec un champignon qu'elle cultive et qui est parasité par un champignon pathogène que la fourmi élimine grâce aux antifongiques produits par sa bactérie symbiotique ! Cela fait du monde. Mais ce n'est pas terminé, car en octobre 2007, Cameron Curie a fait une nouvelle découverte. Il y aurait un cinquième membre dans cette symbiose, une levure, toujours présente chez les champignonnistes. Elle se développe aux mêmes endroits que les bactéries symbiotiques. Les deux microbes pourraient donc bien interagir. Pour le moment, la fonction de cette levure n'est pas encore très claire. Selon Cameron Curie, elle pourrait contrôler l'activité antifongique des bactéries.

Toute cette imbrication d'êtres vivants autour de la culture d'un champignon fait des fourmis attines les championnes incontestées de l'agriculture biologique.

Pucerons et compagnie

La flexibilité de l'emploi est une notion transmise génétiquement chez les pucerons ! Depuis deux cents à deux cent cinquante millions d'années, ces insectes ravageurs, insatiables suceurs de sève, se comportent comme de véritables chefs d'entreprise qui font appel selon leurs besoins à un ou plusieurs symbiontes ouvriers. Prenons le cas du puceron du pois, le plus étudié. Lorsqu'il se « branche » sur la tige d'une plante, par exemple la féverole, une variété de fève fourragère, il aspire une sève très riche en sucres mais dépourvue d'acides aminés. Or, les acides aminés sont les briques de base qui servent à construire les protéines, elles-mêmes indispensables pour fabriquer de la matière vivante. Le puceron sait en fabriquer un certain nombre mais pas tous ceux dont il a besoin. Il a donc embauché en CDI une bactérie symbiotique du genre *Buchnera* pour faire le travail à sa place. Le microbe se gave des sucres pompés sur la plante et en échange il produit les acides aminés. Ces bactéries ouvrières sont confortablement installées dans des bactériocytes – littéralement « cellules à bactéries » – situées à proximité des ovaires de l'animal. Au printemps et en été, les pucerons se reproduisent comme des lapins, mais par parthénogenèse, c'est-à-dire sans la participation des mâles. Les femelles donnent naissance à leurs petits sans que leurs ovules aient été fécondés par des spermatozoïdes. Au passage, les bactéries symbiotiques situées dans les ovaires sont transférées directement aux embryons. Les *Buchnera* ne peuvent pas vivre en dehors des bactériocytes des pucerons et les pucerons privés des *Buchnera* sont eux aussi condamnés.

Quand les conditions le permettent ou plutôt l'exigent, les pucerons sont amenés à recruter de nouveaux partenaires en plus de leurs *Buchnera*. Par exemple la bactérie *Regiella insecticola* est impliquée dans la spécialisation de certains pucerons pour certaines plantes. L'insecte s'attaque normalement à plusieurs espèces végétales. Mais s'il est contaminé par la *Regiella*, il va devenir un grand spécialiste d'une seule plante sur laquelle il se développera mieux.

La bactérie *Serratia symbiotica*, autre symbionte facultatif, va, elle, avoir une influence sur la tolérance thermique de son hôte. Il sera plutôt adapté à des faibles ou à des fortes températures. Plus intéressant encore, une autre bactérie, *Hamiltonella defensa*, aide les pucerons à résister à des parasitoïdes, ces parasites particuliers dont nous avons déjà parlé dans le chapitre sur les armes biologiques, généralement des insectes qui parasitent d'autres insectes. Il existe par exemple des guêpes parasitoïdes de pucerons. Elles pondent dans une larve, qui se fera ensuite dévorer par l'Alien tout juste éclos. Mais si la bactérie symbiotique *Hamiltonella defensa* est présente dans le puceron, ses chances de survie augmentent d'environ 40 %. La larve de la guêpe meurt prématurément, permettant alors à celle du puceron de poursuivre un développement normal. À vrai dire, c'est un virus, hébergé par cette bactérie symbiotique, qui est responsable de la mort des larves de la guêpe parasitoïde. Ce virus est pourvu de toxines très proches de celles de virus humains qui normalement sont destinées à détruire la bactérie qui les accueille. Mais pas dans ce cas où les toxines sont utilisées pour tuer d'éventuels parasites de l'hôte puceron.

9

L'union sacrée

Le moment est venu de se poser la seule véritable question existentielle que sous-tend ce livre. Qui sommes-nous vraiment ? Inutile d'aller se perdre dans les méandres obscurs de la psychanalyse, de son moi, de son surmoi, du ça *et cætera*. Inutile aussi de réveiller nos vieux penchants mystico-religieux, pour espérer sonder le tréfonds de notre âme supposée et enfin découvrir le vrai sens de notre existence. Non, rien de tout cela. Revenons sur terre pour répondre à la question reformulée de façon affreusement matérialiste, une question qui concerne l'homme mais aussi tous les êtres vivants. Qui sommes-nous vraiment, d'un point de vue biologique ? La somme de nos cellules ? La somme de nos cellules, de nos parasites et de nos symbiontes ? Ou alors la somme de nos gènes, des gènes de nos parasites et des gènes de nos symbiontes ? Allons plus loin encore. Les gènes auraient-ils pris le pouvoir ? Le célèbre biologiste et évolutionniste britannique Richard Dawkins prétend, dans sa théorie du gène égoïste, que les organismes ne sont que de simples machines inventées par les gènes pour augmenter leurs chances de se dupliquer ! Un mauvais coup pour l'ego et une thèse que tout le monde espère ne jamais voir démontrer. Quoi qu'il en soit, il ne fait aucun doute que nous ne sommes pas seuls dans notre propre corps et, surtout, que nous ne sommes pas toujours maîtres de notre très précieuse destinée biologique.

La dictature du virus

Les grands maîtres de la manipulation génétique sont incontestablement les virus. Leur quotidien n'est que gènes, génomes, ADN… C'est leur raison d'être. Pour se multiplier, ils exploitent la machinerie cellulaire de leurs hôtes et ce pour une raison simple : ils sont incapables de se multiplier par eux-mêmes. La cellule infectée devra bien malgré elle se charger de cette tâche. C'est ainsi une véritable dictature qui s'installe. Le microbe prend le contrôle de la cellule qu'il met entièrement à son service. Objectif : fabriquer du virus à la chaîne. Ainsi des centaines voire des milliers d'agents vont être produits par la cellule hôte dont ils s'échapperont à terme pour de nouvelles infestations.

Dans ce club des grands despotes du vivant figurent les rétrovirus, une catégorie à part de virus. Leur génome n'est pas constitué d'ADN, mais d'ARN. L'ARN est une molécule semblable à l'ADN, qui renferme aussi l'information génétique. Il est enfermé, avec quelques enzymes, dans une capside, c'est-à-dire une enveloppe protectrice sur laquelle sont exposées des protéines qui interviennent dans l'infection des cellules. Le cycle des rétrovirus se déroule en sept grandes étapes :

1 – les protéines situées sur sa capside sont reconnues par des récepteurs placés sur la membrane de la cellule à infecter. Le rétrovirus s'accroche alors à sa future victime ;

2 – l'enveloppe du virus et la membrane de la cellule fusionnent ;

3 – le contenu du virus, et notamment l'ARN, est libéré à l'intérieur de la cellule ;

4 – cet ARN est transformé en ADN, comme celui de la cellule hôte dans laquelle il se trouve ;

5 – ce nouvel ADN d'origine virale est ensuite transporté dans le noyau de la cellule pour s'insérer dans son ADN ;

6 – maintenant qu'ils sont dans le noyau, associés à l'ADN de l'hôte, les gènes du virus vont être exprimés et produire des protéines virales qui serviront à assembler des centaines ou des milliers de nouveaux virus ;

7 – les virus quittent la cellule pour en infecter de nouvelles.

Tel est le cycle d'un rétrovirus classique dont l'un des représentants les plus connus aujourd'hui est le VIH, le virus du sida. Ces rétrovirus attaquent les génomes de toutes les espèces. Les choses auraient pu en rester là. Mais au cours de l'évolution, certains rétrovirus ont fini par installer définitivement leurs génomes dans celui des cellules germinales, c'est-à-dire des ovules et spermatozoïdes, entraînant du coup une transmission à toute la descendance. Dès lors, plus besoin pour le microbe de se fatiguer à infecter une cellule. Ses gènes embarqués seront livrés de générations en générations. C'est le service minimum du parasitisme. Heureusement, avec le temps, en raison des mutations et des pertes qui peuvent se produire sur l'ADN, la plupart de ces virus installés à demeure perdent de leur fonctionnalité et donc de leur pathogénicité. Ils ne peuvent plus se répliquer car il ne reste d'eux que des séquences plus ou moins complètes de leur génome. Ils sont alors qualifiés par les virologues de rétrovirus endogènes ou ERV.

L'homme, bien sûr, n'a pas été épargné par ces squatters de génomes. Toutes les personnes qui sont en train de lire ce livre ont en elles environ 8 % d'ADN rétroviral dans leur génome – il en est de même pour tous ceux qui n'ont pas acheté cet ouvrage ou qui n'ont pas eu la chance de se le faire offrir. Ces 8 % sont représentés par une trentaine de familles dont chacune a pour origine l'« endogénéisation » d'un rétrovirus dans le génome de nos ancêtres les plus lointains, il y a des millions d'années. Ce sont des HERV, rétrovirus endogènes humains. Au cours des millénaires, ces séquences d'ADN virales originelles ont fait comme elles ont l'habitude de faire en temps normal. Elles se sont multipliées, copiées, puis insérées dans d'autres endroits de l'ADN. Elles ont muté, ont perdu quelques petits morceaux de-ci de-là. Des gènes fossiles de virus à jamais disparus.

Jusqu'au jour où l'équipe de Thierry Heidmann, de l'institut Gustave-Roussy de Villejuif, a rejoué en éprouvette un grand mythe de la résurrection. Fin 2006, ces virologues sont parvenus à faire renaître de ses cendres un rétrovirus endogène humain, baptisé, comme il se doit, Phœnix. Phœnix a infecté le génome de nos ancêtres il y a environ cinq millions d'années. Comme tous les HERV, il n'était plus capable de produire des virus complets et fonctionnels. Mais l'ensemble de son génome est relativement bien conservé. L'équipe de Villejuif a donc eu l'idée de déterrer ces séquences fossiles dans notre ADN pour les rassembler. Ils sont ainsi parvenus à reconstruire le virus ancestral et ont montré qu'il était capable de se multiplier et d'infecter des cellules humaines en culture. Les chercheurs français ont ainsi pris de vitesse une équipe américaine de l'université Rockefeller de New York qui seulement quelques mois après annonçait à son tour avoir ressuscité un virus de la même famille.

L'étude de ces HERV permet d'estimer l'ancienneté de leur endogénéisation. Par exemple, certaines séquences virales humaines sont également présentes chez d'autres primates. Ces virus, aujourd'hui éteints, ont dû infecter nos plus vieux ancêtres, il y a vingt-cinq millions d'années, avant la divergence entre la lignée humaine et celle des singes du vieux monde. Quand ces infections sont plus récentes, certains gènes demeurent fonctionnels. Ainsi, chez l'homme, 7 % des HERV seraient actifs, et parfois associés à des pathologies. Il y aurait par exemple des éléments rétroviraux participant à des maladies auto-immunes comme la sclérose en plaques, d'autres liés à la schizophrénie ainsi qu'à des cancers. Mais ces rétrovirus endogènes ont aussi su se rendre indispensables pour certains de leurs hôtes, notamment chez les primates. Après la fécondation entre le spermatozoïde et l'ovule, l'œuf commence à se diviser pour former l'embryon. Cet œuf dispose de peu de réserve. Son développement devra se poursuivre grâce à la formation du placenta, annexe de l'embryon qui lui apporte ses nutriments, son oxygène et évacue ses déchets. Durant la formation de cette structure essentielle, des cellules ont besoin de fusionner entre elles pour former de très grandes cellules. Cette fusion se fait grâce à des gènes de rétrovirus endogènes. Les primates ont donc domestiqué des gènes viraux qui servaient à faire entrer les agents infectieux dans les cellules hôtes en faisant fusionner leurs membranes respectives. Intégrés dans l'ADN des primates, ces gènes sont devenus essentiels pour la constitution du placenta pendant la gestation.

Les généticiens et les virologues qui travaillent sur les rétrovirus endogènes peuvent par moments ressentir les frustrations des paléontologues et des archéologues, qui doivent se contenter de décrire le passé sans l'avoir jamais réellement observé. En effet, les infections originales par les rétrovirus endogènes connus se sont produites il y a plusieurs millions d'années. Mais en 2006, des biologistes australiens de l'université du Queensland ont fait une découverte extraordinaire chez le koala. Tous les représentants de cette espèce de marsupial arboricole étaient infectés par un rétrovirus qui provoquait de nombreux cancers. Le fait que ce rétrovirus, appelé KoRv (rétrovirus du koala) infecte 100 % des individus des populations étudiées signifie qu'il a été endogénéisé, c'est-à-dire qu'il fait désormais définitivement partie de l'ADN du koala et qu'il se transmet de génération en génération. Mais fait plus surprenant, ce rétrovirus endogène est intact. Pourtant, comme nous l'avons vu précédemment, ces ERV sont pour la plupart complètement éteints. Lui possède encore tous les gènes nécessaires à sa réplication. Cette capacité à se dupliquer suggère que l'endogénéisation est très récente. Or, en poursuivant l'examen du paisible marsupial dans différentes régions australiennes, les biologistes ont pu observer, sur une population installée dans une île située au sud des côtes du pays, l'île Kangourou, des marsupiaux qui ne présentait aucune trace du virus. C'est en retraçant l'histoire de ces koalas insulaires que les chercheurs ont compris ce qui s'était passé. Dans les années 1900, un programme de sauvegarde des koalas avait été initié pour les protéger de la chasse. Des populations avaient été envoyées dans des îles plus ou moins proches des côtes australiennes, dont l'île Kangourou. Elles devaient par la suite servir de réservoirs pour repeupler le continent. Jusque dans les années 1920, ces populations sont restées complètement isolées. Mais depuis, elles sont toutes infectées par le virus KoRv. Sauf la population de l'île Kangourou. Conclusion : lorsque ces koalas ont été déplacés au début du XXe siècle, ils n'avaient pas encore été en contact avec le virus. Celui-ci s'est développé après cette période. L'endogénéisation a donc commencé il y a tout juste une centaine d'années. Elle a affecté les koalas du continent, puis ceux des îles où ils avaient été envoyés lorsque l'isolement avait été rompu, mais laissant, jusqu'à aujourd'hui, indemne la population de l'île Kangourou. Cette infection très récente confirme bien pourquoi le rétrovirus est encore très actif.

Il se situe dans une phase de transition entre un rétrovirus infectieux et un virus endogène en cours de domestication.

Les bactéries font de la résistance

Dans les années 1960-1970, les Américains se sont amourachés de petites tortues aquatiques au point qu'elles faillirent détrôner les poissons rouges qui végétaient sur le bar de la cuisine ou dans la chambre des enfants. Mais très vite des études sanitaires ont montré que ces adorables petits reptiles colportaient de nombreuses bactéries intestinales de types salmonelles, qui finissaient toujours par apparaître dans leurs excréments et qui étaient potentiellement pathogènes pour l'homme. Et effectivement, 14 % des infections humaines aux salmonelles étaient dues à ces tortues, si bien qu'en 1975 les autorités sanitaires américaines en interdirent la vente à usage domestique. Pour contourner le problème et surtout poursuivre leurs exportations, les éleveurs de l'industrie des tortues domestiques de Louisiane ont décidé d'appliquer un traitement radical. Ils se sont inspirés de techniques sanitaires utilisées dans les élevages industriels de dindes pour traiter les œufs de tortue. Ces œufs ont été trempés dans différents produits antiseptiques puis dans un bain de gentamicine, un antibiotique puissant à large spectre, c'est-à-dire efficace contre de nombreuses espèces de bactéries. Résultat : en 1999, l'examen microbiologique de tortues des fermes de Louisiane a révélé qu'elles étaient toujours porteuses de salmonelles ainsi que d'autres variétés de bactéries telles que des enterobacter ou encore des pseudomonas, etc. Mais plus grave, toutes ces bactéries étaient devenues résistantes à des doses colossales de gentamicine !

En quelques dizaines d'années, les éleveurs de tortues n'ont réussi qu'à aggraver la situation sanitaire, ignorant les aptitudes des bactéries à résister aux pires agressions. Ces microbes étaient devenus insensibles à l'antibiotique car il existait très probablement dans la nature un ou des gènes qui leur permettaient de résister. Il ne restait plus qu'à faire circuler ces gènes pour qu'ils soient adoptés, sélectionnés par le traitement. Justement, les bactéries sont de grandes spécialistes des échanges de gènes. Elles procèdent de trois manières différentes :

– la transformation : elles accaparent une séquence d'ADN qui circule dans leur environnement et parviennent à l'exploiter ;

– la conjugaison : c'est la version bactérienne du sexe. Deux bactéries se connectent et l'une d'entre elles fait passer un fragment d'ADN à l'autre, le mâle étant celui qui donne, la femelle, celle qui reçoit ;

– la transduction : un ménage à trois un peu plus compliqué que les deux modes d'échanges précédents puisqu'il nécessite l'intervention d'un phage, c'est-à-dire un virus de bactérie. Dans ce cas, le virus intègre un fragment de l'ADN bactérien à son propre génome. Il se multiplie, produisant quantité de nouveaux virus dont chacun embarque une copie de la portion d'ADN bactérien. Lorsque ces phages vont infecter de nouvelles bactéries, ils leur transmettent le fragment d'ADN pioché chez leurs sœurs.

La littérature scientifique regorge d'exemples d'acquisition de résistances aux antibiotiques à la suite de traitements intensifs. Le problème est particulièrement sensible en agriculture où la quantité d'agents antimicrobiens utilisée dans les élevages est de loin très supérieure à l'usage qui en est fait pour la santé humaine. Dans de nombreuses fermes, les animaux ont reçu d'importantes quantités d'antibiotiques de façon à réduire au minimum les mortalités d'origine infectieuse. Conséquence : l'apparition de bactéries multirésistantes, c'est-à-dire résistantes non pas à un antibiotique, mais à plusieurs. Ce phénomène n'étonne plus les microbiologistes qui savent très bien que ces gènes de résistance sont souvent transférés par groupe. Lors d'échanges de matériel génétique, les bactéries peuvent se transmettre plusieurs gènes d'un coup. Ainsi, l'usage inconsidéré d'un seul antibiotique peut contribuer à sélectionner un voire plusieurs pathogènes résistant simultanément à plusieurs antibiotiques. Or l'élevage est une source potentielle de développement de germes multirésistants qui pourraient affecter les hommes. Des études ont montré que des cas de salmonelloses avaient eu pour origine des animaux. Dans son livre *Le Paradoxe des antibiotiques*[1], le microbiologiste américain Stuart B. Levy rappelle qu'aux États-Unis, « la plupart des six milliards d'animaux élevés chaque année pour la consommation humaine reçoivent des antibiotiques pendant leur courte vie. Ces animaux sont 24 fois plus nombreux que les habitants de ce pays et il est important d'avoir ces chiffres à l'esprit si l'on veut estimer l'impact des antibiotiques sur la flore de ces bestiaux. Rappelons qu'ils ne partagent pas seulement notre environnement mais terminent aussi leurs jours dans nos assiettes ». À ces animaux d'élevage, il faut encore ajouter les animaux de compagnie, eux aussi consommateurs d'antibiotiques. Et comme nous l'avons vu plus haut, les bactéries ne manquent pas de solutions pour s'échanger des gènes, en l'occurrence des gènes de résistance. En 2001, une étude menée dans une ferme norvégienne par une équipe de l'école de science vétérinaire d'Oslo décrivait les transferts entre bovins et hommes, de gènes de multirésistances. Dans cette ferme, une grande variété d'antimicrobiens avait été utilisée de façon extensive

1. *Le Paradoxe des antibiotiques*, trad. Françoise Breton, Éditions Belin, 1999.

pour traiter un troupeau de vaches laitières contre un staphylocoque doré. Les résistances sélectionnées chez le staphylocoque des animaux ont fini par apparaître chez des *E. coli* (coliformes fécaux) qui vivaient dans le tube digestif de personnes qui travaillaient dans l'élevage. Ces transferts sont d'autant plus faciles que l'on retrouve une grande diversité de microbes dans le tube digestif d'un même animal, ce qui peut favoriser les échanges de gènes entre bactéries. Et par ailleurs, certains de ces microbes, comme *E. coli*, sont présents chez l'animal et l'homme. Un problème qui au départ ne concernait que des animaux d'élevage est finalement devenu un problème de santé humaine.

Ce phénomène est particulièrement préoccupant dans les hôpitaux où les traitements antibiotiques ciblent directement des pathogènes de l'homme. Les infections nosocomiales, ces maladies contractées dans un établissement de soins, sont redoutées par les médecins et surtout par les malades. Elles concernent de 700 000 à 1 million de personnes chaque année en France. Elles inquiètent d'autant plus quand l'agent infectieux est multirésistant aux traitements classiques. Certains pathogènes ont évolué de façon très spectaculaire. Les pneumocoques, par exemple – responsables d'infections ORL et respiratoires – n'étaient quasiment pas résistants à la pénicilline il y a quinze ans. Aujourd'hui, la moitié d'entre eux le sont. Pour certaines bactéries, l'évolution de ces résistances a été observée sur seulement quelques années. Le cas d'*Enterococcus fæcium*, une bactérie trouvée en milieu hospitalier, est emblématique. Elle était résistante à la pénicilline en 1983, à la vancomycine en 1987, et au linezolide à la fin des années 1990. Ces germes multirésistants sont de véritables casse-tête pour les équipes médicales qui doivent les combattre. Actuellement, plus d'un tiers des infections à staphylocoque doré ne peuvent pas être traitées par des antibiotiques, avec pour conséquence des amputations voire des décès. Plus de 3 000 décès par an en France sont dus à des infections nosocomiales engendrées par des bactéries multirésistantes.

La situation est d'autant plus critique que la recherche de nouveaux antimicrobiens s'est considérablement ralentie. Aucune nouvelle famille de molécules antibiotiques n'est en vue dans les « tuyaux » des grands groupes pharmaceutiques qui redoutent, entre autres, une durée de vie trop courte de leurs molécules thérapeutiques pour des investissements colossaux. En plus, depuis quelques années, les microbiologistes insistent sur la révision de la façon dont ces recherches sont menées. Tous les antibiotiques actuels ont été testés sur des bactéries cultivées en milieu liquide. Cet état planctonique n'est absolument pas représentatif du comportement des microbes dans leurs milieux naturels. Les bactéries s'organisent en biofilms. Elles colonisent toutes les surfaces humides et constituent des sortes d'agrégats très divers selon les conditions environnementales. C'est ainsi qu'elles s'installent sur des instruments chirurgicaux mais aussi sur les tissus vivants et tous les autres supports qu'elles ont l'habitude de coloniser. Par rapport aux bactéries en suspension, les bactéries dans un biofilm sont très coriaces. Il faut entre dix et dix mille fois plus de produits antiseptiques pour les éradiquer. Si l'élimination n'est pas complète, le biofilm résiduel sert à régénérer de nouvelles colonies. D'où l'importance de développer la recherche de nouveaux antimicrobiens sur ces fameux biofilms.

Si les pathogènes sont capables d'échanger des gènes de résistance, ils savent aussi partager leurs gènes de virulence. L'étude de nombreuses souches de staphylocoque doré montre que 22 % de leur génome sont changeants (constitués d'éléments non vitaux et facultatifs). Parmi ces éléments, il y a aussi malheureusement des gènes codant pour des toxines diverses et variées, qui rendent la souche de bactérie plus ou moins pathogène. Comble de malchance, ces gènes de virulence ne sont généralement pas isolés. Ils sont accolés les uns aux autres et forment ce que l'on appelle les îlots de pathogénicité. Une bactérie tout à fait inoffensive peut donc hériter d'une voisine tout un arsenal de toxines qui la rendrait aussitôt hypervirulente. Cette situation est encore bien connue chez les staphylocoques dont certaines souches sont inoffensives quand d'autres sont mortelles.

Distribution de gènes

À Munich, lors de la dernière *Oktoberfest*, 6,7 millions de litres de bière ont été engloutis durant les seize jours que dure ce festival unique au monde. La plupart des quelque six millions d'irréductibles buveurs de mousses qui ont siphonné les barriques imaginent qu'ils doivent leur plaisir à une levure du genre *Saccharomyces*. Ce n'est qu'en partie vrai et autant les contredire une fois que la fête est vraiment finie. Explications : la levure de bière, aussi appelée levure de boulanger, est un champignon unicellulaire, donc un eucaryote, c'est-à-dire une cellule qui, à la différence des bactéries, comporte un noyau dans lequel est contenu l'ADN. L'une des grandes caractéristiques de cette levure est qu'elle sait vivre sans oxygène, en anaérobie, une aptitude assez rare chez les êtres vivants et essentielle pour la fabrication de la bière. En fin de processus, quand tout le stock de sucre a été épuisé pour être transformé en alcool et qu'il n'y a plus d'oxygène, la fermentation doit encore se poursuivre car la bière n'a pas le goût attendu. L'une des clés de cette étape sans oxygène est l'enzyme DHODase. Des chercheurs allemands, danois et français se sont intéressés à cette molécule dont l'activité dans la levure *Saccharomyces cerevisæ* ne dépend donc pas de l'oxygène. Or ce type d'enzyme est très courant chez les bactéries. Mieux, la séquence génétique qui code pour la DHODase ressemble étrangement à celle des *Lactococcus*, bactéries utilisées par l'industrie agroalimentaire pour la fermentation lactique. La levure a donc acquis un gène bactérien qui lui permet de réaliser sa fermentation sans oxygène. S'il faut bien de la levure pour produire de la bière, cette levure est une sorte de chimère qui au cours de l'évolution s'est acoquinée avec une bactérie.

Les ambitions expansionnistes des gènes de bactéries ne se sont pas arrêtées aux levures. Ils ont su profiter de la promiscuité pour conquérir d'autres eucaryotes. Le rumen des ruminants est une sorte de poche où vivent à la fois de nombreuses bactéries, des champignons et des ciliés – organismes eucaryotes unicellulaires, assez complexes dans le sens où ils peuvent comporter jusqu'à trente mille gènes soit à peu près autant que l'homme. Tous ces organismes assurent la digestion, ou plutôt la fermentation des végétaux avalés par ces herbivores. Le rumen est aussi un milieu confiné où ces microorganismes sont très concentrés. Tellement concentrés qu'ils ont fini par pratiquer l'échange de gènes entre espèces. L'étude du génome de ciliés contenus dans cette usine à digestion des ruminants a révélé la présence de cent quarante-huit gènes dont la plupart provenaient de bactéries. La grande majorité de ces gènes codent pour des enzymes impliquées dans la dégradation de grosses molécules qui justement composent les parois cellulaires des végétaux. Le génome d'un cilié normal possède très peu de gènes de ce type. Ceux du rumen ont donc pu s'adapter grâce à l'acquisition de gènes bactériens. Ce n'est finalement pas si surprenant, car ces ciliés sont en contact permanent avec les bactéries. Ils peuvent en ingérer (phagocyter) et donc internaliser directement leur ADN, et comme ils sont unicellulaires, le problème du stade des cellules germinales pour que le changement soit transmis de génération en génération ne se pose même pas. Une insertion d'ADN bactérien, si elle est neutre ou bénéfique, sera directement transmise aux cellules filles lorsque la cellule mère se divisera.

Comme nous venons de le voir dans les exemples précédents, les transferts latéraux – on parle aussi de transferts horizontaux – de gènes se font d'autant mieux que les espèces sont en contact étroit. Dans les milieux particuliers comme la panse des bovins où règne la promiscuité entre microbes, les conditions sont idéales pour faire circuler l'ADN. Les bactéries en profitent largement grâce à leurs systèmes d'échange de gènes – transformation, transduction, conjugaison. Les virus, eux, sont d'incontestables experts en la matière, qui maîtrisent parfaitement l'infiltration des génomes de leurs hôtes. Mais les eucaryotes aussi savent le faire. Le phénomène est certes moins documenté pour ce groupe, mais il existe bel et bien. Il est par exemple à l'origine de l'apparition d'un nouveau champignon pathogène du blé, *Pyrenophora tritici-repentis*. Ce champignon présent sur différentes espèces végétales dont le blé et l'orge était réputé inoffensif. Mais entre 1940 et 1941 le blé fut touché par une maladie jusque-là inconnue et décrite sous le nom de maladie de la tache auréolée. Ses symptômes : les feuilles et les grains se couvrent de taches roses, rouges ou brunes selon les variétés de blé, ce qui les rend impropres à la commercialisation. Depuis, cette maladie est devenue un fléau majeur qui touche tous les pays producteurs, allant jusqu'à engendrer près de 50 % de pertes sur les récoltes. Il aura fallu attendre les travaux de l'équipe de Timothy Friesen, spécialiste des pathologies végétales à l'université d'État du Dakota du Nord (États-Unis), pour identifier l'origine de cette maladie. Le champignon s'attaque au blé en produisant une toxine appelée ToxA qui nécrose les tissus avec lesquels elle est en contact. Une toxine que le micro-organisme ne savait pas produire avant les années 1940. Mais elle n'est pas apparue *ex nihilo*. Elle existait déjà dans la nature, plus exactement dans un autre champignon, *Stagonospora nodorum*, un pathogène bien connu du blé. En examinant les génomes des deux champignons, Timothy Friesen a pu révéler que le gène de la ToxA était le même chez l'un et chez l'autre. Conclusion, ce gène a été transféré d'une espèce à l'autre dans les années 1940, faisant ainsi apparaître un tout nouveau fléau !

Tous des chimères !

Ci-gisent, en nous, les restes d'ancêtres bactériens ! Pour s'en convaincre, il suffit d'inspecter au microscope le cœur de nos cellules, comme celles de tous les animaux et de toutes les plantes. On y remarque la présence de deux sortes de particules pour le moins étranges : les chloroplastes – uniquement chez les plantes – et les mitochondries – chez les plantes et les animaux. Ce ne sont ni des parasites ni des symbiontes, pourtant elles semblent avoir tous les attributs des bactéries. D'ailleurs, avant d'en dire plus sur ces deux invités mystères, il convient de revenir sur ce qui distingue les bactéries d'une grande partie des êtres vivant sur cette planète.

Pour un biologiste, le critère de référence n'est ni la taille, ni le mode de vie, mais l'organisation des cellules. Une bactérie est un procaryote, c'est-à-dire une cellule des plus simples, peu structurée et dans laquelle « flotte » son matériel génétique. En revanche, les cellules dites eucaryotes, briques de base pour la construction des hommes, des animaux, des champignons et des plantes, ont une architecture beaucoup plus structurée et complexe. Il existe toutefois des êtres vivants relativement simples car constitués d'une seule cellule, mais qui n'en sont pas moins des eucaryotes. C'est par exemple le cas des amibes, du *Plasmodium* (agent du paludisme) ou encore des microalgues du plancton marin. Chez les eucaryotes, le matériel génétique, c'est-à-dire l'ADN, ne se trouve pas libre comme chez les procaryotes, mais enfermé dans un noyau. D'ailleurs, eucaryotes signifie littéralement « vrai noyau ». Dans ces cellules se trouvent un grand nombre d'organites, spécialisés dans certaines tâches comme la production de protéines ou le stockage d'enzymes. Nous avons vu plus haut deux de ces structures, les chloroplastes et les mitochondries, responsables d'une fonction des plus vitales : la production d'énergie. Sans cette énergie, la machinerie cellulaire serait en panne.

Les chloroplastes contiennent la fameuse chlorophylle grâce à laquelle ils transforment le rayonnement solaire en énergie chimique exploitable par les plantes. C'est la photosynthèse. Les animaux, eux, ne sont pas photosynthétiques. Ils sont incapables de faire le plein d'énergie en restant au soleil. Ils doivent donc se débrouiller autrement, notamment en puisant leurs ressources dans leur alimentation. Durant le processus de digestion, les aliments sont dégradés par de nombreuses réactions chimiques dont certaines aboutissent à la formation de glucose. Ce glucose est ensuite transformé en ATP (adénosine triphosphate), véritable carburant cellulaire, stocké dans les mitochondries.

Tout le fonctionnement de la machinerie cellulaire repose sur la production d'énergie des chloroplastes et des mitochondries. La vie comme nous la connaissons aujourd'hui ne pourrait pas exister sans ces structures fondamentales.

Pourtant, comme nous l'avons vu précédemment, il semble bien que ces entités essentielles aient été empruntées au monde bactérien. Prenons l'exemple de nos mitochondries. Elles sont pourvues d'ADN alors que normalement l'ADN d'une cellule humaine doit être entièrement contenu dans son noyau. Mais l'ADN mitochondrial n'a rien à voir avec l'ADN nucléaire humain. Il est circulaire et constitué d'un brin unique, contre deux dans nos noyaux. Un arrangement typique de l'ADN des bactéries. Autre fait étonnant, les mitochondries ne sont pas fabriquées par la cellule qui les héberge. Elles se multiplient toutes seules et lorsqu'une cellule mère se divise pour former deux nouvelles cellules filles, chacune reçoit un peu des mitochondries préalablement formées dans la cellule mère. Conséquence : une cellule qui se formerait sans ces organites ne serait pas capable de les fabriquer elle-même. Ce qui signifie que les gènes qui codent pour leur fabrication ne se trouvent pas dans l'ADN du noyau. Enfin, chaque mitochondrie est équipée de sa propre machinerie interne pour synthétiser les protéines dont elle a besoin. Une machinerie indépendante qui ressemble à s'y méprendre à celle… des bactéries. Bref, plus de doute possible. Les mitochondries sont bien d'anciennes bactéries domestiquées par les eucaryotes. Les premiers représentants de ces organismes sont apparus selon les différentes estimations entre 2,5 milliards et 1,5 milliard d'années. Ce n'était alors que des êtres unicellulaires rudimentaires qui ont probablement bénéficié d'une endosymbiose avec des bactéries – les bactéries étaient donc installées à l'intérieur de la cellule. Avec le temps, ces bactéries ont perdu de leur indépendance. Elles ont été complètement intégrées par leurs hôtes et sont devenues de simples composants obligatoires des cellules, des mini-organes ou plus précisément, des organites.

L'observation des flagellés actuels (eucaryotes composés d'une seule cellule dotée d'un flagelle qui leur sert à se déplacer) donne d'ailleurs une idée de la façon dont cette intégration a pu se dérouler, à une époque où les êtres les plus sophistiqués étaient tout juste plus complexes que les bactéries. Noriko Okamoto et Isao Inouye, deux biologistes de l'université de Tsu Kuba au Japon, ont décrit en 2005 les drôles de manières alimentaires des Hatena – ce qui signifie « énigmatique » en japonais. Ces flagellés marins se nourrissent habituellement de proies microscopiques qu'elles assimilent grâce à un appareil digestif complexe. Mais il arrive qu'elles gobent une algue verte microscopique qui ne sera pas digérée et qui en plus va provoquer d'importantes transformations. En effet, l'Hatena devient verte et son système digestif disparaît. S'il disparaît c'est parce que le flagellé n'en a désormais plus besoin : il a cessé de s'alimenter. Le prédateur est devenu photosynthétique, capable comme les plantes d'utiliser la lumière du soleil comme source d'énergie. Cette transformation inattendue est bien sûr le fait de l'algue précédemment gobée. Si par la suite l'Hatena se divise pour donner naissance à deux cellules filles, seule une conservera l'algue et donc sa fonction photosynthétique. L'autre se comportera comme une prédatrice qui chassera ses proies jusqu'à tomber sur une nouvelle algue verte qui la rendra à son tour photosynthétique. Le flagelle ne servira alors plus à la chasse, mais à se déplacer vers les zones les plus ensoleillées !

Plantes vertes refoulées

Même les mollusques peuvent souffrir de troubles de la personnalité. Dès le XIXe siècle, les naturalistes se sont interrogés sur la véritable identité des ascoglosses, d'étranges limaces aquatiques qui se prennent pour des feuilles : leur corps est ovale, aplati, strié par ce qui semble être des nervures et surtout aussi vert qu'une plante d'intérieur. Sans leur tête de limace, elles se confondraient avec des feuilles perdues qui ondulent près de la surface (ce qui leur a d'ailleurs valu le surnom de « limaces feuilles »). Elles vivent en eau peu profonde, souvent dans des lagunes saumâtres. Lorsque le soleil brille, elles s'étalent et se délectent de ses rayons salutaires. Avantage de ce mimétisme incongru : les limaces, sans coquille, donc sans abri, sans pinces pour se défendre, sont à la merci du plus maladroit des prédateurs. Déguisées en feuille, elles n'attirent même pas leurs regards. Problème, comment un animal peut-il aussi aisément se confondre avec une plante ? En s'inspirant de la technique des Hatena, qui devient végétal en gobant une algue ? Mieux encore. Un siècle après les premières interrogations des naturalistes sur les ascoglosses, les progrès de la microscopie électronique ont permis de révéler que ces limaces étaient bourrées, non pas d'algues vertes, mais de chloroplastes dopés à la chlorophylle. Or, comme nous le prétendions plus haut, les chloroplastes ne sont théoriquement présents que chez les plantes. C'est justement le « théoriquement » qui fait qu'il peut aussi y en avoir dans une limace. L'explication de cette présence, *a priori* contre nature, est aussi invraisemblable qu'authentique. Elle remet au goût du jour ce vieux murmure de la rue « nous sommes ce que nous mangeons », ou comment devenir carotte en avalant des carottes. La limace, elle, devient un quasi-végétal en ingérant des algues filamenteuses qui transitent dans son tractus intestinal jusqu'à ses ramifications en forme de nervures envoyées de chaque côté de son corps. Tous les constituants des algues sont digérés, à l'exception des chloroplastes qui sont phagocytés et conservés en l'état au sein des cellules intestinales, sans que l'on sache exactement comment cette phagocytose se produit.

Il existe de nombreuses espèces d'ascoglosses. L'immense majorité est verte, donc associée à des chloroplastes chargés de chlorophylle. Mais la rétention et l'utilisation de ces organites photosynthétiques sont plus ou moins sophistiquées. Dans les cas les plus simples, ils sont retenus seulement pour une courte durée (moins d'une semaine). Ils serviraient juste à conférer la couleur verte bien utile au camouflage contre les prédateurs. Dans les cas déjà plus élaborés, les chloroplastes ne se contentent pas de donner la couleur aux mollusques. Ils restent fonctionnels un certain temps ! Ils sont capables d'assurer la photosynthèse. Les limaces, tout comme de véritables feuilles, captent l'énergie du soleil et s'en nourrissent en fixant le CO_2. Plus fort encore. À la fin des années 1970, des recherches menées à l'université de Boston ont montré que l'espèce *Elysia chlorotica* pouvait survivre en aquarium sans le moindre apport nutritif. Il suffisait juste de nourrir les larves et les juvéniles avec des algues pour que les adultes deviennent complètement autonomes vis-à-vis de l'alimentation. Lors de ces repas essentiels, les limaces acquièrent un stock de chloroplastes grâce auquel elles vont pouvoir passer dix à onze mois de leur vie à se la couler douce au soleil !

Le fait de savoir comment ces limaces acquièrent les chloroplastes n'explique pas comment elles parviennent à les exploiter. Ces organites appartiennent au monde végétal. Qu'un animal les fasse fonctionner relève presque de la magie. À moins que l'animal ait en lui un peu de « végétalité ». C'est en se fondant sur cette hypothèse que le biologiste Skip Pierce, de l'université de Floride du Sud, est parti à la recherche de la part verte des limaces. Il a logiquement dirigé cette quête vers le noyau, là où se trouvent l'ADN et ses gènes. Le raisonnement est simple : dans une cellule végétale, les chloroplastes ont besoin pour se multiplier ou simplement se maintenir en bon état de marche d'un certain nombre de protéines synthétisées à partir des gènes de la plante. Naturellement, ces protéines d'origine végétale n'existent pas dans le règne animal. Sauf si la nature a joué aux OGM en transférant aux limaces des gènes de plantes. L'homme sait déjà faire l'inverse. En France, la société Meristem Therapeutics a mis au point un maïs transgénique capable de produire de la lipase gastrique de chien. Cette enzyme digestive fait cruellement défaut dans des pathologies telles que la mucoviscidose ou la pancréatite chronique. Les malades sont alors incapables de digérer les lipides, qui se retrouvent directement dans les selles. Surtout, le régime alimentaire est fortement perturbé, ce qui a un impact important sur la survie de ces malades. La lipase de chien produite par un maïs peut donc avantageusement combler ce déficit. Or, si l'homme a réussi à transférer un gène d'animal dans une plante, la nature, première société de biotechnologie de la planète, n'a sûrement pas eu de mal à transférer un gène de plante dans un animal. Et c'est exactement ce qu'a découvert Pierce en étudiant le génome de ses mollusques. Au moins un gène d'origine végétale indispensable à la photosynthèse a été incorporé dans l'ADN de l'animal. Ce gène provient des algues dont se nourrissent les limaces. Ces dernières ont donc commis un double larcin : vol des chloroplastes et vol de gènes indispensables pour les faire fonctionner.

Là encore, il reste un mystère. Comment la nature s'y est prise pour construire cet OGM bio ? Le transfert direct depuis l'alimentation est difficile à avaler – devenir carotte en mangeant des carottes. Les gènes ne voyagent pas facilement de cellules à cellules surtout quand ces cellules sont des eucaryotes dont l'ADN est soigneusement enfermé dans un noyau. L'hypothèse la plus vraisemblable est l'intervention d'un virus qui, comme c'est souvent le cas, aurait joué le rôle de vecteur de gènes. Ces microbes sont des artistes de la transgenèse – transfert de gènes. Ils insèrent où ils veulent et quand ils veulent leur propre génome dans celui de leurs hôtes. Insérer un gène de plus qu'ils auraient eux-mêmes récolté fortuitement ne pose aucun problème.

La limace n'ayant pas l'équipement cérébral nécessaire pour s'interroger sur son devenir, nous allons le faire à sa place : sa condition d'animal est plus que menacée. Il ne lui manque presque rien pour basculer dans le règne végétal, ce qui serait un exploit évolutif inédit ! En effet, supposons que les chloroplastes soient intégrés dans les cellules germinales, c'est-à-dire les cellules qui produisent les gamètes (spermatozoïdes et ovules). Ils seraient alors transmis à la descendance. Intégration totale. Le mollusque serait photosynthétique dès la naissance. En somme, une algue avec une tête de limace !

La ratatouille biologique

Le cas qui suit est un modèle du genre « plantes vertes refoulées à identité incertaine ». Une observation attentive au microscope permettrait de le décrire comme suit : un organisme unicellulaire aquatique, rempli de petites bulles vertes, capable de se déplacer grâce à un flagelle ou en formant de longs pseudopodes (ou pseudo-bras). Question légitime : qu'est-ce que c'est ? Une amibe ? Une algue verte ? Une algue rouge ? Une bactérie ? Réponse : un peu de tout ça, un objet naturel obscur que les scientifiques qualifient « d'algue amiboflagellée appartenant au groupe des chlorarachniophytes ». Un truc bizarre avec un nom barbare ! Pour tenter de comprendre comment un tel être a pu se constituer, il est nécessaire de le démonter pièce par pièce. Premier élément important, la cellule principale qui est vraisemblablement une amibe. Elle héberge en permanence les restes d'une micro-algue verte probablement gobée dans le passé par endocytose (l'amibe se déforme pour entourer complètement l'algue et la faire ainsi passer de l'extérieur vers l'intérieur). Ces restes sont essentiellement des chloroplastes et un noyau réduit contenant de l'ADN. Ces chloroplastes sont exploités par l'amibe qui devient donc photosynthétique. Se posent alors les mêmes questions que pour la limace feuille : quels gènes pilotent les chloroplastes et où se trouvent-ils ? Les premières études sur le noyau résiduel de l'algue verte ont montré qu'il ne contenait que des gènes qui servaient à sa propre réplication et à son entretien. Cela suggère donc que les gènes qui font fonctionner les chloroplastes se trouvent dans le noyau de l'amibe. Continuons le démontage. En 2003, le généticien John Archibald, de l'université Dalhousie de Halifax (Canada), s'est lancé dans l'analyse de l'ensemble des gènes de l'amibe qui pourrait être utile à la photosynthèse. Résultat : sur les soixante-dix-huit gènes étudiés, 80 % avaient pour origine une micro-algue verte. Au cours de l'évolution, l'amibe qui, rappelons-le, n'est pas un être photosynthétique, a acquis des gènes d'une algue verte microscopique impliqués dans la photosynthèse. C'est donc avec ces gènes étrangers qu'elle peut faire tourner la machinerie solaire des chloroplastes. Mais Archibald a fait une autre découverte surprenante sur les soixante-dix-huit gènes de départ. Si 80 % venaient bien d'une algue verte, les 20 % restants avaient pour origine des algues rouges et des bactéries. En somme, ce chlorarachniophyte est une sorte de mosaïque, une ratatouille biologique élaborée à partir d'une louche d'amibe, d'une cuillerée d'algue verte, de deux doigts d'algue rouge et d'une pincée de bactérie ! En un mot, un chef-d'œuvre du parasitisme puisqu'on ne sait plus qui est l'hôte et qui est le parasite !

Conclusion

Parasite paradise !

Tant qu'il y a de la vie, il y a de l'espoir… Et des parasites. Partout.

Dans la moindre parcelle de la biosphère s'empilent les formes de vie, les unes sur les autres, les unes dans les autres. Impossible d'échapper à ce *diktat* de la nature. Quelles que soient leurs formes et leurs mœurs, les parasites ont envahi tous les substrats biologiques. Mais aujourd'hui cette ubiquité s'étend bien au-delà du vivant. En construisant le monde de l'information numérique, l'homme a créé un prolongement virtuel de son existence. Pour les parasites, c'est une nouvelle ressource qu'ils exploitent avec les mêmes stratégies que celles mises en œuvre dans le monde vivant. La diversité de ces nouveaux profiteurs est quasi infinie car proportionnelle à l'imagination humaine. Il existe donc des virus en tout genre, des vers, des chevaux de Troie… qui sont en fait des lignes de codes écrites dans un langage obscur que seuls les informaticiens et les ordinateurs comprennent.

Prenons le cas des virus informatiques mutants. Ces programmes malveillants ont l'indélicatesse de changer de forme chaque fois qu'ils se copient d'un ordinateur à l'autre. Ce qui leur donne toujours une bonne longueur d'avance sur les contre-mesures que les fabricants d'antivirus tentent de mettre au point pour les neutraliser. Cette lutte rappelle celle que mène la médecine contre des organismes particulièrement versatiles tels le virus du sida ou encore le *Trypanosome*, l'agent de la maladie du sommeil.

Le parasitisme a encore fait un bond avec l'explosion d'Internet. En quelques années, presque toutes les machines se sont retrouvées connectées les unes aux autres de façon plus ou moins directe, *via* notamment les échanges de courriers électroniques. La virologie virtuelle a alors pu faire l'expérience des flambées épidémiques planétaires avec les vers. Ces virus informatiques se propagent grâce aux courriels. Lorsqu'ils entrent dans un ordinateur, ils s'emparent de la messagerie et envoient des copies d'eux-mêmes à tous les destinataires enregistrés dans le carnet d'adresses. Une seule machine infectée contaminera instantanément des dizaines voire des centaines d'autres qui elles-mêmes en contamineront encore des milliers et ainsi de suite. En quelques jours ou même en quelques heures, tous les continents seront affectés. Beaucoup plus efficace que la plus contagieuse des grippes ! Mieux : avec les dernières générations de virus, nos ordinateurs s'infectent tout simplement lorsque nous naviguons sur Internet.

Profitant encore des messageries, une nouvelle espèce de parasite, le *spam*, a envahi les réseaux en quelques années. Ces faux courriers électroniques sont envoyés massivement dans les boîtes électroniques du monde entier avec l'intention de vous vendre des répliques de montres de luxe, des antidépresseurs, du Viagra ou encore des appareils pour allonger le pénis. Au début, ils étaient peu nombreux et facilement identifiables. Cela ne prenait que quelques secondes pour les orienter directement vers la poubelle. Mais ils se sont très vite multipliés. Et désormais ils arrivent par centaines et même par milliers chaque semaine dans les boîtes aux lettres de nos ordinateurs. Pis : ils sont de plus en plus sophistiqués. Des moteurs qui ont infiltré des serveurs du Web sont capables d'analyser les informations qui circulent dans les courriers électroniques : adresses, sujet et contenu des messages, etc. Ils peuvent donc générer des *spams* qui comportent des informations susceptibles de vous concerner. Par exemple, vous pouvez recevoir un courriel qui apparemment vient d'un collègue de votre entreprise, du moins l'adresse de l'expéditeur correspond. Or c'est un *spam*, car ce collègue n'oserait jamais vous proposer d'acheter du Viagra ou une Rolex de contrefaçon. D'autres arrivent avec un sujet de message familier ayant un lien avec votre activité professionnelle. Mais une fois encore, vous ouvrez le message et il s'agit d'une publicité pour acheter un faux diplôme de docteur d'une université américaine.

Incontestablement, les *spams* comme tous les virus, vers et autres programmes malveillants qui circulent sur les réseaux sont de véritables parasites. Ils exploitent la ressource informatique et s'étendent même à d'autres supports comme les téléphones mobiles. Ces avatars sont encore plus performants que les modèles biologiques dont ils sont inspirés car ils ne se contentent plus de leur milieu naturel. Ils consomment aussi beaucoup de ressources vivantes. Ils pompent l'énergie humaine : le temps et les efforts dépensés pour les éliminer, l'argent investi dans des antivirus plus ou moins efficaces. L'argent encore versé aux dépanneurs en informatique qui finalement n'ont d'autres solutions à proposer que le formatage du disque dur.

Et tout cela finit par avoir une incidence physiologique sur l'homme. Les parasites virtuels frappent durement notre système nerveux. Ils nous rendent fous !

Remerciements

L'homme n'est pas un parasite. Mais comme lui, il se nourrit de ses rencontres. Certaines ont été déterminantes pour nous.

Olivier Hertel adresse un grand merci à Hervé Ponchelet. Il l'a sauvé de l'enfer des hamburgers lorsqu'il a entendu le sens vital de son cri ! Un grand merci à Denis Bourguet, Éric Filiol, Dominique Garcia, Vincent Le Guen, Hervé Mercot, Thierry Rigaud, Frédéric Thomas.

Christine Coustau témoigne sa gratitude aux parasitologistes passionnés et passionnants qui ont enrichi et facilité son parcours, en particulier Louis Euzet, Claude Combes, François Renaud, Bernard Delay, Claude Gabrion, Yves Carton, Joseph Jourdane et André Théron.

De nombreux exemples de ce livre ont été tirés des travaux remarquables et des discussions avec les chercheurs du Réseau écologie des interactions durables. Merci à Christine Bracquard-Varnier, Michel Bréhelin, Christine Chevillon, Jean-Michel Drezen, Abdelaziz Heddi, Guillaume Mitta, Marylène Poirié, Geneviève Prévost, Nathalie Volkoff et de nombreux autres collègues pour leurs « interactions durables ».

Table

RÉALISATION : IGS-CP À L'ISLE-D'ESPAGNAC (16)
IMPRESSION : NORMANDIE ROTO S.A.S. À LONRAI
DÉPÔT LÉGAL : OCTOBRE 2010. N° 99674 (103548)
IMPRIMÉ EN FRANCE